D0090097

JAN 1 6

Blitz

David Trueba

Blitz

EDITORIAL ANAGRAMA
BARCELONA

Ilustración: © Berta Risueño

Primera edición: febrero 2015
Segunda edición: marzo 2015
Tercera edición: marzo 2015
Cuarta edición: mayo 2015

Diseño de la colección: Julio Vivas y Estudio A

© David Trueba, 2015

© EDITORIAL ANAGRAMA, S. A., 2015
  Pedró de la Creu, 58
  08034 Barcelona

ISBN: 978-84-339-9790-6
Depósito Legal: B. 307-2015

Printed in Spain

Reinbook Imprès, sl, av. Barcelona, 260 - Polígon El Pla
08750 Molins de Rei

Para mi hermano Jesús, con quien siempre he compartido habitación

As Lightning to the Children eased
With explanation kind
The Truth must dazzle gradually
Or every man be blind.

EMILY DICKINSON (1868)

(Así como el Relámpago a los Niños explicamos / con esmerada delicadeza, / la Verdad debe deslumbrar poco a poco / o a todo hombre dejará ciego.)

ENERO

El mensaje decía:

«aún no le he dicho nada. me cuesta tanto. uff. tq ♥».

Pero el mensaje no era para mí. La vida cambia cuando los mensajes de amor no son para ti. Aquel mensaje de amor, que llegó como un relámpago, inesperado y eléctrico, cambió mi vida.

Yo estaba a pie de barra, rozaba con los dedos la bandeja de plástico verde donde se posaba el pedido a medida que lo embalsamaba en papel de plata un cocinero atareado. Noté el teléfono vibrar en el bolsillo. No tengo un sonido asignado para las llamadas o entradas de mensaje. Me molestan los timbres, esa irrupción tan poco elegante. Ni siquiera toco el timbre de las puertas. Si puedo, me limito a unos golpecitos en la madera. Con el móvil me basta la vibración. A veces sufro eso que llaman el síndrome del teléfono que vibra. La falsa impresión de que vibra en tu bolsillo y al sacarlo encuentras que no hay llamada ni mensaje, sólo una sugestión. Mi amigo Carlos dice que los móviles serán como el tabaco, sesenta años después de popularizados y extendidos por toda la población pasarán a estar perseguidos como una adicción dañina. Dice que habrá muertos, juicios millonarios y clínicas de desintoxicación. Dice que afecta a los órganos vitales y que, si lo guardas en el bolsillo, cada vez que recibes una llamada los espermatozoides de tus genitales sufren algo parecido a un electrochoque. Por eso ahora nacen tantos niños hiperactivos, dice. Mi amigo Carlos hubiera dicho, de estar allí conmigo en ese momento, ¿lo ves?, ¿ves el daño que hacen los móviles? Porque la vibración era cierta y el mensaje me había llegado, aunque no fuera yo el destinatario. Lo enviaba Marta. Así que me volví para mirarla desde la barra hacia la mesa junto a la cristalera. La mesa en que nos acabábamos de instalar muy poco antes de que todo cambiara en mi vida.

Marta y yo habíamos llegado el día antes a Múnich. No conocíamos la ciudad, pero nos esperaba una voluntaria del congreso para llevarnos en coche hasta el hotel InterContinental. Nos había saludado al responder nosotros al cartelito con mi nombre que sujetaba en las manos. Me llamo Helga, se presentó. La seguimos hasta el aparcamiento y allí nos entregó una mochilita acrílica con el catálogo de los actos y nuestras acreditaciones. Lebensgärten 2015, anunciaba cada logotipo del congreso. Había un papel con la amable bienvenida de los organizadores en dos idiomas y otro con el horario de nuestra presentación, al día siguiente, la persona de contacto y el sector del palacio de congresos donde tendría lugar. Para cualquier otra cosa podéis recurrir a mí, dijo la mujer. Y durante el trayecto hasta el hotel InterContinental nos hizo alguna pregunta sobre el viaje, pero dejó que miráramos por la ventanilla y descubriéramos con nuestros propios ojos el entorno. Cuando entrevimos el estadio de fútbol, Helga nos lo señaló, es muy famoso por su arquitectura. Yo le comenté algo a Marta sobre sus autores, pero no pareció demasiado interesada.

El nombre del congreso podía traducirse como «Jardines de vida» o «Vida y jardín», aunque esto último sonaba más a spray para matar insectos. Habíamos sido invitados al congreso para presentar un proyecto a concurso. Me cuesta explicar mi trabajo. Para hacerlo al día siguiente utilizaría una serie de imágenes generadas por ordenador que al verse proyectadas ahorran muchas explicaciones. Competíamos en la categoría de Perspectivas de Futuro, lo que en alemán, *Zukunftsperspektiven,* sonaba menos hueco y con más andamiaje metálico. Disputaríamos contra veinte proyectos internacionales los diez mil euros del premio. Se trataba de recrear una intervención paisajista, no importaba si resultaba fac-

13

tible o razonable, era algo así como una ensoñación o una ficción. Un concurso de cuentos donde en lugar de un cuento contábamos un jardín. En nuestro trabajo te acostumbras a plantear escenarios imposibles, a sortear la falta de fondos o el interés por hacerlos realidad con simulaciones digitales.

Mi idea era un parque para adultos. Un lugar exterior urbano, sencillo y realista. Con sus bancos de lectura donde detenerse a reposar en los ratos robados a la oficina. La novedad principal era que contenía un bosque de relojes de arena, de escala humana, que al girarlos te concedían un tiempo de abstracción.

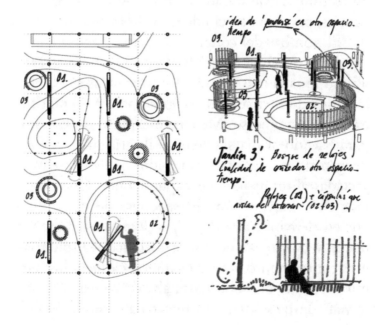

Podía servirte de aviso y cuantificación del tiempo, pero también de evasión. Es lo que me gusta de los relojes de arena, que reformulan una idea de ansiedad ante el transcurso del tiempo y transforman ese proceso inevitable en algo visual. En realidad éstas eran las palabras que pensaba utilizar en mi presentación del día siguiente. Yo me hubiera limitado a decir que me gustan los relojes de arena, me gustan porque señalan el verdadero sentido de la vida, que no es otro que la sumisión a la ley de la gravedad como esa arena que cae del bulbo superior al inferior en los relojes de cristal. La idea del jardín era enseñarte a valorar con precisión lo que eran tres minutos. Así empezaba mi charla: ¿acaso alguien se ha detenido a pensar sobre lo que son realmente tres minutos?

Yo fui el primer sorprendido de que seleccionaran mi «Jardín de los Tres Minutos» entre los finalistas. O como se presentaba oficialmente: *Drei-Minuten-Garten*. El congreso de Múnich era uno de los más reputados entre los paisajistas junto al Eurau y el IFLA. Y en los proyectos de jóvenes premiados habían despuntado algunas ideas revolucionarias a lo largo de los últimos diez años. Como con todos los concursos, bastó que me admitieran para que, a mis ojos, se desacreditara un poco el evento. Desocupados como estábamos en mitad de la crisis, sin apenas encargos y decididos a mantenernos en la hibernación de una página web sin rentabilidad, los concursos se nos dibujaban como una opción para ganarnos la vida. Marta y yo éramos los socios únicos, trabajábamos en un cuarto de casa al que llamábamos la oficina. Marta no tenía estudios de arquitectura ni paisajismo, pero era alguien con una sensibilidad especial, siempre con consejos y correcciones que mejoraban mis propuestas. Trabajar juntos prolongaba nuestra sincronía de pareja sin ninguna disputa. Ella era la que llevaba la administración y la representación de la empresa. Nada estuvo planificado, porque el origen partía de un estudio de arquitectura que fundamos cinco compañeros de promoción, pero que poco a poco se fue hundiendo y desgajando. El último en marcharse fue Carlos, cuando aceptó la oferta de un arquitecto más consolidado. Me pareció natural que Marta se sumara conmigo en el último aliento de permanencia, cuando yo aún guardaba esperanzas de que nos diera de comer un oficio tan etéreo.

Estaba nervioso por la presentación. Ya habíamos participado en varios certámenes, pero nunca nos habían invitado a la ciudad para mostrar el trabajo en persona. Casi siempre llegaba una aceptación por mail de nuestro proyecto y un tiempo después la noticia de que otro finalista había ganado el concurso. Así que Múnich era un reto. En quince minutos, y en inglés, tendríamos que presentarle al jurado y al público asistente nuestra propuesta. Estaba seguro de que mi absurdo proyecto carecía de posibilidades y que acabaría mirado con sarcasmo, reducido a una chusca bobada más apta como parque infantil que para espolear la carrera de un creador de espacios públicos. Marta me calmaba, todo irá bien, me repetía, ya verás, y aquel primer día en la ciudad estuvo cariñosa y atenta conmigo.

A poco de llegar paseamos por el pabellón Gasteig y recorrimos las candidaturas exhibidas en un escueto mosaico de fotografías a color. Marta pensaba que nuestro proyecto tenía muchas posibilidades. Yo pensaba que engrosábamos la mediocridad general de los contendientes. Había un parque hecho con basuras, un jardín acuático, un rincón de artistas plásticos, un espacio recreativo infantil. A éste le falta un gnomo de escayola, bromeé. Marta me golpeó el brazo y miró alrededor con la esperanza de que nadie hubiera oído mi comentario despreciativo.

Por la noche quise hacer el amor. Nuestra cama de matrimonio tenía dos edredones individuales en lugar de uno grande y compartido. Ese hallazgo resultaba práctico. Mira qué buena idea para que las parejas no se roben la manta el uno al otro o para que cada uno resuelva su temperatura ideal para dormir. Esa racionalidad, que identificaba con el carácter alemán, era la que me aterrorizaba al pensar en la presentación del día siguiente. Mi propuesta era juguetona, casi frívola, más emocional que científica.

Marta no quiso hacer el amor. Estaba cansada del largo paseo que habíamos dado por la ciudad

17

nevada y le dolían las rodillas. El esfuerzo para evitar resbalar le había sobrecargado las articulaciones, su punto débil tras años de bailarina. Marta dejó de bailar a los veinte años y se hizo actriz. Había bailado desde niña, pero terminó saturada e insatisfecha de su progresión profesional. Conservaba el cuerpo de bailarina con las piernas poderosas y una musculatura armónica, de una tersura hermosa, donde sólo desmerecían unos pies endurecidos y algo deformados por las prolongadas sesiones de trabajo, con el meñique retorcido hacia el interior y juanetes consecuencia de horas *sur les pointes*. A Marta le avergonzaban sus pies de bailarina e incluso algunas veces que me empeñaba en besarlos y lamerlos terminaba por soltarme una coz nerviosa. En una ocasión me partió el labio, pero fui consolado de una manera tan tierna y delicada que me hubiera dejado partir el labio cada noche.

La vida de actriz no le fue mejor, cursos y luego más cursos, algunos pequeños papeles en cortometrajes y funciones de teatro que sólo veíamos los amigos más íntimos y los compañeros de cursos. Empezaba a sospechar que su verdadera profesión era ser alumna de cursos hasta que trabajó en un cortometraje llamado *Los peligros de la conga* que ganó premios en varios festivales y fue candidato al Goya. Era una intrigante historia surrealista sobre un tipo que iba a una boda y cuando regresaba a casa llevaba a una señora aferrada a su cintura. La señora, al pare-

18

cer tía carnal de la novia, se había cogido a él en la cadena de una conga en la que participaron casi todos los invitados y ya nunca se había soltado. Marta interpretaba a la pareja del chico, compartían piso, y la llegada de esa mujer agarrada a la cintura de su novio dificultaba su vida práctica y finalmente la convivencia, hasta que ideaban, semanas después, un método para liberarse de ella. Bastaba con asistir a otra boda y que la tía se cogiera a la cintura de otra persona cuando llegara el momento de bailar la conga. El papel de Marta en *Los peligros de la conga* era el menos interesante de los tres. Su personaje era el único que se comportaba con sentido común, pero el corto despertaba carcajadas y aplausos, sobre todo en las escenas de cama con los tres protagonistas, y durante unos meses Marta pensó que aquello la elevaría hacia proyectos más ambiciosos. Pero nunca llegaron y, sin declararlo de manera abierta, dejó el oficio, se matriculó a distancia en Psicología y comenzó a trabajar junto a mí en la oficina de paisajismo, que quedaba entre el salón y la cocina de casa. Nos complementábamos y soportábamos la penuria mientras ella insistía en que yo no renunciara a mi vocación, a mi profesión. Ya es suficiente con uno en la pareja que haya renunciado a sus sueños, me decía los días en que yo dejaba que se transparentara mi desánimo.

Marta acababa de cumplir veintisiete años y ella sostenía que el 7 era un número serio y grave, que en la escala decimal era siempre un rubicón. En cada década, el 7 es más final que principio, es estación término, trataba de convencerme. A los siete años alcanzas la razón. A los diecisiete la consideración de adulta. A los veintisiete el final de la juventud. A los treinta y siete la incontestable entrada en el mundo de la madurez. Y así recorría Marta con una desesperación cómica las escalas del 7. Siete son los días de la semana y los plazos de creación del mundo, también las plagas del Apocalipsis. El 7 es un 1 obligado a levantar la cabeza, crecer y hacerse mayor, según un dibujo que ella garabateó en una servilleta de papel, donde el número 1, de un puñetazo, era forzado a transformarse en un 7.

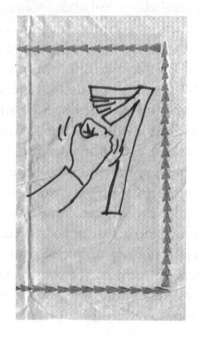

Yo tenía tres años más que ella y razones de sobra para esgrimir los traumas de mis treinta años. A mi edad no había logrado un trabajo rentable ni una posición de estabilidad. Le insistí a Marta para que comprendiera que la juventud se prolongaba mucho más lejos en nuestros días. ¿No ves que vivimos hasta los noventa? Eso significa que, en proporción, somos jóvenes hasta los cuarenta y siete o los cincuenta y siete. ¿No lo ves en la calle?, le señalaba yo, antes sólo llevaban chándal los niños, pero ahora se fabrican para todas las edades.

Pensé que Marta no quería hacer el amor conmigo porque seguía enfadada. Al volver de la calle había pisoteado con mis botas la moqueta de la habitación y las suelas dejaron manchas de humedad con los restos de nieve. ¿Cómo no se te ocurre descalzarte antes de mojarlo todo?, se quejó mientras señalaba los charquitos en la alfombra. Yo traté de bromear. ¿A quién se le ocurre cubrir con moqueta el suelo de una habitación de hotel? A mí me da asco pisar la alfombra que han pisado mil tipos antes que yo, es algo sucio. Es como bañarte en la bañera con agua del anterior huésped. Mira, aquí creo que hay restos de un tipo que se masturbó hace tres meses y aquí queda una mancha de vino o de sangre, de la chica que tuvo la regla hace dos fines de semana, ah, mira, si hasta hay un tipo enano que está saludando aquí metido, ¿lo ves?, se ha debido quedar a vivir en la alfombra, hola, señor Muller,

¿quiere que le pida algo de cena o le basta con las miguitas del desayuno que van dejando los que pasan por la habitación? Ah, perdón, no le interrumpo. Es que está domando a una cucaracha. Pero Marta no se reía con mi comedia ya desbocada en la que yo les hablaba a seres diminutos escondidos entre el bosque de la moqueta.

Preferí no insistir. Últimamente no hacíamos demasiado el amor. Cuando nos conocimos, cinco años atrás, Marta estaba rota por el despecho, había terminado su relación con un cantautor uruguayo, un tipo arrogante pese a su éxito de escala manejable, que la abandonó por otra chica que conoció durante una gira como telonero de Jorge Drexler. Nunca me interesaron sus canciones, pero bastaba con que Marta escuchara un acorde en algún bar o en la radio para que su rostro se nublara. A mí me excitaba aquella tristeza de Marta, ese dolor íntimo que no compartía con nadie, y curar aquella cicatriz oculta se convirtió en mi misión vital. Follábamos sin medida, pero a veces se echaba a llorar, de pronto. Hacer reír a Marta era el mayor placer en la vida. Exageraba mi lado payaso, me esmeraba en una comedia que terminara con su carcajada. A Marta le hacía gracia yo, le hacía gracia hasta mi trabajo, jardinero, me decía. La risa de Marta era una recompensa. Pero últimamente Marta reía menos conmigo y también follábamos menos. Mi amigo Carlos me decía es normal, a todos los efectos estáis casados, convivís desde hace más de cuatro años y los casados apenas follan. No se folla a menudo con la persona con la que convives, como uno ya no enjabona igual la taza de café que sólo utiliza él todas las mañanas.

La primera noche en Múnich dormimos a placer, aunque sin el relajo del sexo consumado. Con esa desconexión que da estar tan lejos de casa. De tanto en tanto mi pierna rozaba su pierna, tras romper la frontera de los edredones. Incluso después de desayunar con nuestras bandejas sobre la cama volvimos a echar una cabezada. Ante mi insistencia, que yo creí sutil y cariñosa, Marta me hizo una paja y eyacular siempre me devuelve un sueño de bebé cebado tras la toma. Cuando me desperecé ella reaparecía desde la ducha, radiante y hermosa, con el pelo empapado goteando sobre los hombros poderosos, más de nadadora que de bailarina. Salgo a dar una vuelta, me dijo, te espero luego abajo.

Me duché durante un rato largo bajo el vapor del agua hirviendo. Las pocas ocasiones de disfrutar de un hotel te invitan a exprimir sus comodidades. En nuestro piso el agua apenas tenía presión y salía tibia y desbravada como el pis de un ángel. En realidad el piso era de Marta, pero yo me trasladé a vivir con ella cuando renunció al sueño de ganarse la vida como actriz y salía más a cuenta compartir un solo esfuerzo de alquiler. La crisis nos había acostumbrado a todos a una precariedad algo ridícula, en la que aceptábamos encargos bochornosos y salarios infrahumanos para sentirnos partícipes aún del sistema, para no descolgarnos hacia la mendicidad. Ella se consideraba la parte prescindible de la empresa, pero yo necesitaba sus consejos, su complicidad, su mirada que trascendía la técnica y la corrección de los planos. El congreso, participar en el concurso de Múnich, era una de las pocas satisfacciones que nos concedía un experimento laboral al borde del naufragio.

El siguiente trabajo que vamos a considerar viene de España. Así me presentó Helga, la misma mujer que nos había recogido en el aeropuerto y que nos saludó con una encantada familiaridad al vernos entrar en el Gasteig. Ella ejercería de traductora al alemán, me explicó, por si algún espectador no comprendía del todo bien mi inglés. Te aseguro que ni yo comprendo del todo bien mi inglés, le confesé. Y ella rió con una línea de dientes firmes tras sus labios apenas pintados. Helga saltaba de su lengua al inglés con una continuidad muy natural cuando nos presentó al director del congreso, un alemán algo estrafalario, con las gafas colgadas de un cordel y encorvado como un malvado del cine expresionista. Helga me advirtió que el director era un personaje bastante complicado, todos dicen que está loco, pero tiene mucho talento. En Múnich gracias a él se salvaron dos parques maravillosos, es muy considerado en la ciudad. Y luego nos guió a

24

Marta y a mí hacia la mesa de exposiciones. Marta se separó para instalarse tras el ordenador desde el que lanzaría las imágenes en una pantalla situada a nuestra espalda. En los asientos reservados para el jurado vi unas caras amables como felpudos a la entrada de casa. Compartían el pequeño auditorio con algunos otros concursantes, fácilmente reconocibles por su gesto de sospecha y hastío, y el resto del público, que era un variopinto puñado de curiosos y desocupados. Helga pronunció mi nombre ante el micrófono y luego se volvió hacia mí con un gesto que me concedía la palabra. Desde que entramos en el palacio de congresos tantas personas de la organización me habían recordado con contundencia que no debía sobrepasar en ningún caso los quince minutos de exposición, que me pareció correcto empezar por ese detalle.

Todo el mundo me ha pedido que no me exceda de los quince minutos. Contando con la traducción al alemán, calculo que me quedan siete minutos y medio de exposición. Si descontamos este preámbulo inicial y la conclusión, digamos que tengo tres minutos. Dejé que Helga me tradujera en ese momento de inflexión. Luego proseguí: precisamente de eso trata mi trabajo. De la prisa. De la prisa bajo la que vivimos. La prisa. Helga tradujo prisa como *Eile*. Cuando Marta revisó mi texto con su mejor dominio del inglés eligió la palabra *hurry*. ¿*Hurry*?, me sorprendí yo, ¿como *Dirty Hurry*?

Mi jardín persigue devolver el valor de nuestro tiempo, hacernos reflexionar sobre la disposición del tiempo. Reparé en que el director del congreso, sentado en su butaca, tomaba notas y parecía interesado en mi discurso. Por eso lo llamo «El Jardín de los Tres Minutos». *Drei-Minuten-Garten,* repitió Helga con una sonrisa complacida que me animó. Era una mujer madura, de poco más de sesenta años, risueña pero sin forzada simpatía. Volvió a mirarme con curiosidad sincera y ese gesto me tranquilizó y me permitió arrancar con confianza la proyección de imágenes. Marta sonrió desde su posición y las luces de sala se atenuaron ligeramente cuando lanzó, con su mano de dedos finos, la primera imagen desde el ordenador.

Hubo varias sonrisas al ver surgir el bosque de relojes de arena y la simulación del recorrido. Yo seguí explicando el proyecto hasta terminar en la vista general.

En el turno de preguntas, todas amables y complacientes, el director del congreso intervino para preguntar en alemán algo que Helga me tradujo en voz baja, muy cerca del oído. ¿Qué ha querido decirnos usted con esta propuesta y hasta qué punto la considera algo particularmente español? Sonreí. No creo que los relojes midan el tiempo de manera distinta en España que en Alemania, aunque a juzgar por nuestros muy distintos planes de jubilación alguien podría pensarlo. Sí creo que la realidad del

tiempo es variable según cada circunstancia y cada persona. Dejé espacio para que Helga me tradujera. De lo que se trata no es de lo que he querido decir con esta propuesta, sino de lo que me gustaría que las personas experimentaran en este lugar. Preferiría, por tanto, que usted me diera la respuesta mucho más que dársela yo.

Ya fuera del escenario, pensé que me había mostrado demasiado petulante. Marta lo negó y me tranquilizó. Helga me felicitó y me aseguró que todo el mundo había seguido la explicación con atención. ¿No he estado demasiado petulante? Ah, no, no, en absoluto. ¿Y el chiste de las pensiones de jubilación a lo mejor ha molestado? No, no. El siguiente participante era un paisajista danés, cuya edad avanzada me entristeció. Quizá también yo pasaría mi vida de concurso en concurso sin lograr que las ideas se hicieran realidad, consolado por la virtualidad de los congresos y definido como joven paisajista hasta la tercera edad. ¿Participas mañana en el debate de creadores?, me preguntó Helga en un aparte. No, nos vamos mañana por la mañana. Yo no había querido prolongar un día más el viaje. Me daban pereza esas mesas redondas vacuas y capitalizadas por el más presuntuoso. Además participaba Àlex Ripollés, algo así como mi enemigo íntimo en los concursos, que ya me había ganado en dos ocasiones con otros proyectos, y cuyas ocurrentes propuestas paisajísticas siempre se me antojaban ejercicios de estilo pretenciosos que gozaban de éxito entre los jurados. Tampoco Marta quería quedarse demasiados días en Múnich, luego caí en la cuenta de algo que había dicho de pasada. Prefiero volver rápido a casa, tengo demasiadas cosas que hacer. Yo no le había preguntado nada más, demasiado pendiente de mí mismo y mi presentación, me temo.

Al abandonar la salita nos despedimos de Helga, que partía a la carrera hacia el aeropuerto para recoger a otro invitado. También es español, ¿lo conoces?, y trató de pronunciar el nombre de Àlex Ripollés, aunque a mis oídos sonó más parecido a Àlex Gilipollez, lo cual no le iba del todo mal. No lo conozco en persona, pero tampoco quiero, y Helga no acabó de entender si bromeaba o sencillamente mi inglés precario me había jugado una mala pasada. Escapamos tras un par de presentaciones de proyectos y en la puerta del salón de conferencias miré el panel donde anunciaban los turnos de exposición de cada concursante. Por una errata, detrás de mi nombre en lugar de paisajista habían escrito pajista. Beto Sanz, pajista. Divertido, se lo mostré a Marta, pero necesitó leerlo tres veces para darse cuenta del error. Es una definición perfecta, porque los paisajistas que no tenemos trabajo y que sólo hacemos proyectos por nuestro propio placer estamos más cerca de la paja que del paisaje. Es la mezcla perfecta entre artista y pajillero, pajista, seguí diciendo, ya embalado. Artista del onanismo, mi verdadera vocación. Marta sonrió y luego, casi sin entonarlo como pregunta, dejó caer un pero si tú no te haces pajas, ¿no? Pues claro que no, la tranquilicé, salvo cuando te niegas a hacer el amor conmigo cuatro veces al día.

Fue un rato después de la presentación al público cuando fuimos a comer a aquel lugar barato y acristalado junto al bulevar. Hacía frío y decidimos tomar un kebab. Aguardaba a recoger el pedido en la barra cuando vibró el mensaje en el bolsillo. Tras leerlo miré hacia Marta y comprendí por su expresión que se trataba de un error. Yo no era el destinatario de su mensaje ni de aquel corazón añadido como emoticono. Ella sabía que yo odiaba los iconos en los mensajes, esa irritante sustitución de la emoción real con un dibujito. Marta se mordió el labio tras levantar los ojos, consciente del error en su envío, y descubrir mi mirada posada sobre ella. El encargado me entregó una enorme jarra de cerveza y el recibo de caja. Caminé despacio hacia nuestra mesa. Me temblaba la bandeja en las manos como si fuera el camarero de servicio durante un terremoto.

Las rupturas tienen un algo ridículo porque obligan a decir frases hechas que nadie acierta a evitar. Como los te quiero en la corriente del amor, también el desamor tiene sus lemas. No hace falta repetirlos aquí. Marta me dejó mientras comíamos un kebab y yo quería llorar, pero me esmeraba en no mancharme de grasa ni dejar rastro de la salsa griega en la comisura. Con Marta o Carlos yo solía bromear a veces con esa salsa blanca de los kebab que tantas veces nos subíamos a la oficina para seguir trabajando a deshoras. Te ha quedado aquí un poco de semen, les decía cuando se les quedaba un rastro cerca de la boca. Los momentos fundamentales quedan inmortalizados en tu memoria asociados a la circunstancia, a un detalle, al lugar, a la hora del día. Llovía, llevabas tal jersey, pasó un coche amarillo, había una paloma atropellada en la calle. Yo no quería que mi ruptura con Marta quedara salpicada de restos indignos de salsa de yogur. Siempre quedaría asociada a ese mediodía en Múnich, comiendo un kebab; ya era bastante.

El mensaje de Marta iba dirigido a su antiguo novio. Habían vuelto a verse un par de meses atrás y la relación renació sin que yo sospechara nada. La semana antes del viaje a Múnich, su nuevo disco en los estantes de la FNAC atrajo mi atención un segundo. No podía intuir entonces que volvería a sonar su música en mi vida de manera tan estruendosa. Siempre tuve celos retrospectivos de aquel tipo, celos de quien estuvo con Marta antes de yo conocerla, como sentía celos de su primer amor, un compañero de clase que tuvo en la escuela de ballet. El único bailarín heterosexual de todo Madrid va y te toca a ti de compañero de clase, fingía indignarme yo por mi mala suerte mientras ella reía de mi estupidez. No era yo un celoso presa de las sospechas, sino un amante feliz al que fastidiaban los años perdidos antes de encontrarnos, cuando otros gozaban de su cercanía y yo aún no sabía de su existencia. Celos retrospectivos y absurdos, quizá, pero en el fondo la tristeza de Marta por la ruptura con su novio cantante, tristeza en la que estaba sumergida cuando la conocí, era la mejor declaración de su amor por él. Los celos retrospectivos ahora me alcanzaban y me batían en la carrera del tiempo. El pasado de Marta regresaba para sacar de la pista de carreras a mi futuro con un codazo.

Pensaba en algo que decirle, pero se puso a llorar y yo no quería que todos nos miraran en el local. Deja, come tranquila, luego hablamos. Pero masticar resultó una actividad ridículamente cotidiana frente a los sentimientos desatados. Y los dos nos dejamos la mitad del kebab en el plato, a medio envolver aún en papel de plata. Cuando salimos a la calle Marta seguía llorando, pero caminar sin tenernos el uno frente al otro nos hizo más sencillo hablar. Me gustaban de las películas del iraní Kiarostami esas largas conversaciones en los coches, con planos del camino o la carretera a través del cristal, porque los viajes, con esa disposición de los hablantes no enfrentados, sino con la mirada hacia la ruta, son propicios para las confesiones sinceras. A mi amigo Carlos no le gustaban las películas iraníes, se burlaba de ellas y las había convertido en un género aparte. No te pongas en plan película iraní, bromeaba. Marta concedía, a veces son aburridas, pero comprendía mi gusto por ellas, por ese tiempo lento, laborioso, muerto incluso. Tantas veces le expliqué que la agitación era sólo una forma de rellenar el verdadero vacío.

Yo había tonteado con ser director de cine. Hubiera querido rodar películas del Oeste de aquel tiempo en que el Oeste se terminó. Cuando llegó el ferrocarril y el automóvil y los viejos pistoleros solitarios se extinguieron camino del crepúsculo. Tuve poca determinación para cumplir con esa vocación. Nunca me interesó contar historias. Hubiera filmado nada más que momentos aislados y sin significación narrativa. Condenado a ser un cineasta artista, de esos que tan ridículos me resultaban, tan fatuos en sus entrevistas, preferí darle a mi madre y a mis hermanas la tranquilidad de un título en arquitectura. Pero rodé sin cámara una película para mí. Era el rostro de Marta en un plano cercano y luminoso que duró casi cinco años. 3.784.320.000 (tres mil setecientos ochenta y cuatro millones trescientos veinte mil) fotogramas, según me entretuve en calcular cuando ella ya no estaba.

Le dije a Marta que en el fondo lo que ella perseguía era enmendar su pasado. Nunca aceptaste la separación, pero quizá te estás equivocando al creer que ahora lo puedes corregir. El pasado ya no se puede cambiar. Pero ella repetía, mientras negaba con la cabeza, de verdad, no es eso, Beto, no es eso. Yo he sido tan feliz contigo, me has hecho tanto bien. De pronto me veía como un médico de urgencias que había tratado sus heridas pero, una vez recuperada la salud del paciente, no podía hacer otra cosa que darle el alta y verla marchar. Te juro que el pasado estaba olvidado, Beto, superado. Yo asentía con la cabeza, pero no estaba de acuerdo. Ella seguía hablando. Él es ahora una persona nueva y yo también. Intuí, pues, que el único que se había convertido en una persona vieja y gastada era yo.

Lo extraño es que una fuerza interior, orgullosa y terca, me impidió caer en recriminaciones. Conocía rupturas de amigos llenas de reproches, así que traté de lograr la única victoria que la situación me permitía. Se hizo de noche sin que Marta me escuchara un lamento. Ni siquiera por las semanas que había durado su relación a mis espaldas, por el tiempo que había dedicado a alimentar la nueva pasión mientras vaciaba y condenaba la nuestra. Me callé las heridas que deja el engaño, porque lo consideré una prospección necesaria sobre la profundidad del nuevo amor antes de proceder a cegar de manera definitiva el pozo del antiguo. En realidad no me estuvo engañando aquellos días, sino protegiéndome. Lo entiendo, le dije, tienes que obedecer a tu corazón, otra frase hecha para tiempos de ruptura que uno no sabe ahorrarse. Sólo tropecé con el rencor fácil cuando, pese a la muda negativa de ella, le eché en cara que para mí sería imposible no estar convencido de que durante todos nuestros años juntos, en el fondo, ella siempre lo había seguido queriendo a él. Puede que siempre lo hayas seguido queriendo a él.

Fuimos a ver la película de esa noche, para la que habíamos reservado entradas en la oficina de la organización. En los congresos siempre acompañaban las sesiones con películas, historias con la arquitectura o el mundo del arte infiltrado en la excusa argumental, lo que solía ser equivalente a aburrimiento y pretenciosidad. Las películas que más tienen que decir sobre paisajismo son aquellas que no lo subrayan, basta un ascensor o una oficina para hablar mejor del asunto. En este caso era un documental sobre la reconstrucción de Múnich tras la guerra, la recuperación de su esplendor previo. Me causó una cierta desazón escuchar a uno de los expertos entrevistados rememorar la hermosa ciudad, y afirmar que el surgir de la locura nacionalista fue una consecuencia natural. La belleza consciente siempre acaba por provocar el fascismo, aseguró. Poseer la belleza podía convertirte en un monstruo. Incapaz de concentrarme en la película, me dediqué a observar el rostro hermoso de Marta, de una delicadeza especial. Me sentía herido al creerla imbuida en el documental. Era capaz de evadirse, de abstraerse en algo que no fuéramos nosotros. Su concentración me permitía reparar en su piel y en sus rasgos, bajo la luz oscilante de la pantalla. En un momento en que volvió la mirada hacia mí y me descubrió con la vista clavada sobre ella, añadió un gesto de fatalidad algo postizo.

Al terminar la película, Helga, que estaba rodeada de otros voluntarios del congreso, muchos de ellos jubilados con ganas de ayudar y algún que otro estudiante con curiosidad por seguir el desarrollo de las presentaciones, nos invitó a tomar algo con los demás en un bar cercano. Estará el otro paisajista español, nos animó intentando convencernos cuando le dije que estábamos cansados. Él me ha dicho que le gustaría mucho conocerte, insistió Helga, y noté un tono de ironía que respondía a mi frase anterior despectiva para con Àlex Ripollés tras la presentación. Pero Marta negó con la cabeza cuando la interrogué con la mirada, no le apetecía ir, y yo se lo expliqué a Helga. Mañana además tenemos que estar en el aeropuerto temprano, añadí. Sí, es cierto, pero yo no os podré llevar, irá otro compañero, se excusó ella. Qué pena, que durmáis bien. Muchas gracias, respondí, y saluda a Àlex Gilipollez de mi parte. Lo haré. Cuando se alejó con su paso activo y alegre tras darnos dos besos familiares, Marta me preguntó por qué había llamado de ese modo a Àlex Ripollés. Es que así es como se pronuncia en alemán, le expliqué.

En la habitación del hotel, a la vuelta, planteé la posibilidad de hacer el amor como una despedida tierna. Lo hice incluso en términos cómicos. Que mi cuerpo pueda despedirse de tu cuerpo. Mis manos se despedirían de lo que han acariciado tanto tiempo. Mi polla decirle adiós a tu coño y mis manos a tu culo. Mis labios se despedirían de tus labios y de tu piel. Piensa en ellos, la separación también les afecta. Pero Marta se negó, por favor no me hagas esto ahora. Tomó mi propuesta como un sarcasmo desesperado. De hecho, al acostarse impidió que la viera desnuda, adquirido un pudor sobrevenido que me causó excitación más que la pretendida distancia. Negaba así también a mis ojos la posibilidad de despedirse de su cuerpo, de ese cuerpo que había sido el paisaje cotidiano más querido para ellos y la sustancia primordial de su alegría en el último lustro.

Mi orgullo herido, más por esa negativa suya de darle a la última noche el valor real de última noche juntos, de oponerse a que nuestros cuerpos se dijeran en silencio las cosas que querían decirse después de tanto tiempo de dulzura y buen trato, me envaneció. Fue vanidad lo que me llevó a darme la vuelta con mi edredón particular y anunciar: mañana no volveré contigo. No cogeré de vuelta ese avión a casa, porque ya no tenía casa ni ciudad ni patria.

Dormimos a ratos, interrumpidos a veces por la presencia desvelada del otro, tan cerca pero ya camino de tan lejos. La rabia contra mí mismo por haber sido incapaz de presentir su ánimo, su renovada relación, me inflamaba. ¡Cuánto ignoraba de ella creyendo conocerla! Ni tan siquiera había sabido leer en sus ojos y en su actitud la alarma de ese reencuentro con su antiguo novio unos meses atrás. Luego recuperaba el sueño y me cruzaban por la cabeza recuerdos de los años compartidos, imágenes inducidas por la nostalgia o el despecho. Los edredones separados terminaron por ser una cama cortada a cuchillo.

Por la mañana la escuché ducharse y preparar su maleta con tiempo. Marta hacía las maletas como casi todo en la vida, con orden y precisión. Para alguien con tan estudiada planificación esta ruptura tenía que haber sido torturadora. Me sacudió cariñosa y le repetí ve tú, yo me voy a quedar unos días. Trató de convencerme, incluso cuando llamaron por teléfono para advertir que el coche de la organización estaba listo para llevarnos al aeropuerto. No me moví. Era temprano y no tenía ganas de salir de la cama. Podía entenderse como una pequeña venganza. Dejar que ella hiciera el viaje a solas, el viaje que ella había emprendido. Creo que Marta ya no podía llorar más y hubo un gesto de cansancio, de boxeador derrotado cuando acercó sus labios a mi cara y me besó para despedirse. Era aquél nuestro último beso en los labios. Me tapé la cabeza con la almohada, pero la escuché salir. La puerta al cerrarse sonó con un acompañamiento eléctrico. Pensé que eran las fotocélulas y me pareció un pensamiento ridículo e inoportuno, una curiosidad tecnológica fuera de sitio.

A las doce en punto una camarera quiso hacer la habitación. Habían llamado quince minutos antes para advertirme desde recepción que tenía que dejar el cuarto. Les dije que lo sabía, pero ignoré el aviso. La camarera cerró la puerta con educación y avisó de que volvería en diez minutos.

Bajo la ducha me sorprendí llorando y excitado. ¿Se puede estar roto y empalmado? ¿Qué dicen las canciones de eso? Salí a recuperar el teléfono móvil de la mesilla. Volví al baño y me senté sobre el retrete cerrado, busqué entre la colección de fotos y vídeos breves de la memoria del teléfono. Allí estaban, dos o tres fotos de Marta desnuda al amanecer en un memorable recorrido por su cuerpo. Habría tiempo para destruirlas, pero ahora era un recurso para suplir lo que la realidad me negaba. Me puse de pie mientras con la mano derecha me sacudía la polla y con la izquierda saltaba adelante y atrás entre esas fotos de un domingo feliz ya perdido para siempre. Me apoyé en el cristal de la ducha. Seguía cayendo agua cada vez más caliente. Cuando me aproximaba al éxtasis envuelto en el vapor, el móvil se me escurrió de la mano y fue a dar al fondo del plato de ducha. Tardé en reaccionar y corrí a recuperarlo de entre el agua hirviendo. Me escaldé la mano, pero igual me apresuré a descomponer el teléfono y colocar sus piezas bajo el vendaval portátil del secador de pelo.

En la calle encontré un supermercado y compré un kilo de arroz y metí el móvil en la bolsa. Le había oído contar a una de mis hermanas que había salvado su teléfono con ese método cuando se le cayó en la taza del váter mientras contestaba mensajes. Había que verme sujetando en el aire el saco de arroz mientras caminaba. En la recepción del hotel se prestaron a guardarme la maleta hasta que encontrara otro lugar más asequible en la ciudad para pasar la noche. La sala de desayunos ya estaba ofreciendo las primeras comidas del día, así que pese al hambre me quedé sin desayunar.

La calle estaba animada a esa hora y el frío era soportable gracias a unos caritativos rayos de sol. Comí un pedazo de pizza en un local de basura para comer abierto veinticuatro horas. Celebré de una manera sutil mi libertad hasta que llegó el derrumbe. Fue casi al final de la tarde, cansado, después de merodear por tiendas de muebles de diseño, librerías y un local de vinilos. Buscaba nada y miraba los tejados de las casas y las fachadas con atención de estudiante de arquitectura. Esquivé a algunos mendigos cuando crucé por los jardines del antiguo botánico y cada vez que oía español, lo que era frecuente, cambiaba de acera siempre con el móvil sumergido en la bolsa de arroz de mi mano. Había estudiantes jóvenes que soñaban con un trabajo en el primer mundo ahora que la economía de nuestro país estaba en crisis. Había leído que los alemanes querían implantar una corrección a la libre circulación entre europeos. Si no conseguías trabajo en seis meses podían expulsarte. Me imaginé deportado, con ese trato que se dispensa al visitante cuando trasciende la agradable visita corta del turista y carece de dinero y plan de vida. Un mundo cainita y agresivo, regido por guardias de aparcamiento que en cuanto dejas de cotizar te expulsan del paraíso. Miré embelesado los tranvías al pasar, hasta que pensé que quizá también mirar sin más fuera ilegal.

Marta había sido la luz de mis días, la fuerza para sostenerme en actividad y pelear por los proyectos cuando ya nadie los solicitaba. Marta era la expresión de mi suerte y con ella al lado me sentía invencible y afortunado. Me gustaba bromear con su nombre y decirle que venía de Marte para rescatarme, para fugarnos juntos. Marta viniste de Marte. Marta fue mi exilio, mi planeta de acogida en un tiempo en el que nos sentíamos expulsados de nuestra ciudad, desamparados, desahuciados del hogar. En días de intemperie, cuando la economía teñía todo de perdedores y ganadores, Marta fue un país de acogida. Pero ahora me quedaba fuera del sistema solar, sin brújula, a la deriva, en proceso de congelación sin un calor que salvara.

¿Estás bien? ¿Estás llorando? Cuando levanté la cabeza vi a Helga inclinada hacia mí, como quien se asoma a la boca de un pozo. Yo había hundido mi cabeza en las manos, apoyados los co-

dos en las rodillas, y puede que llorara o sólo trata-
ra de soportar la humillación. Mis pies estaban he-
lados y la nariz enrojecida moqueaba por culpa de
lo que yo creía que era el frío y puede que fuera la
tristeza. Pero estás helado, ¿te pasa algo? ¿Y tu novia? Al levantar el rostro me colgaba un moco
como una estalactita y ella me prestó un pañuelo
de papel.

No, es que me he quedado solo. Para mi sorpresa, Helga pareció entender la ambigüedad de la
frase. Una frase que era cierta sin importar el matiz
con que ella la tradujera. Me he quedado solo. ¿No
tenías hoy el vuelo? Sí, pero he decidido pasar unos
días más en Múnich. Venga, ven, levanta de aquí.
¿Por qué no vienes al congreso? Helga comprendía
sin que yo le explicara demasiado, tenía esa expe-
riencia acumulada de quien no necesita indagar
para intuir lo oculto. En veinte minutos tenemos la
mesa redonda. ¿Por qué no te unes? Unirme era
buena idea. Unirme a lo que fuera.

¿Y eso qué es? Al ponerme de pie, Helga señaló
la bolsa de arroz que reposaba en el banco. La levanté y sumergí mi mano entre los granos para sacar el móvil. Helga sonrió, pero de inmediato con-
sultó su reloj. Corre, llegamos tarde, me urgió.
Caminando a su lado probé a prender el teléfono.
Nada. Tan sólo la negra pantalla que reflejó mi
cara triste, mi cabello despeinado, el filo de mi
abrigo a la altura de los hombros. Si necesitas lla-

mar puedes usar mi móvil, me ofreció Helga. No, gracias, no tengo a quien llamar.

Cuando me cedieron la palabra, después de anunciar mi feliz incorporación inesperada a la mesa redonda, ya había escuchado las argumentaciones de mis colegas, también jóvenes y también prometedores, a la pregunta inicial, ¿para qué sirve un paisaje? La confusión de idiomas esterilizaba la conversación al modo de una discusión en la ONU, pese al esfuerzo de tres traductoras. Àlex Ripollés alzó las cejas al verme llegar con Helga y sumarme a la mesa. Junto a él participaban una joven bengalí tan nerviosa que no dejaba de moverse igual que si estuviera sentada sobre una mecedora, un intenso nigeriano vestido con el sokoto y la buba amplios y el sombrerito fila y, por último, un coreano tímido y obeso. Àlex acababa de presentar su proyecto de Parque Chernóbil, consistente en recrear el día de la catástrofe de la central nuclear de Ucrania en un rincón de Barcelona repleto de motivos de aquel exacto tiempo. Al parecer el día de la fuga radiactiva coincidía con el día de su nacimiento, en abril de 1986, y contaba que la intención de su proyecto era contrastar vida y muerte y la idea del tiempo detenido. Hubo aplausos al terminar su discurso.

Àlex me miró con gesto irónico desde su atractivo incontestable cuando comencé a hablar. Dije: yo no sé para qué sirve un paisaje. Porque un paisaje es un hermoso jardín inglés pero también la valla para frenar inmigrantes africanos de Melilla. Creo que fue Robin Lane Fox el que preguntó en su clase de Oxford para qué servía un jardín y se encontró con la respuesta maravillosa de un alumno: para besarse. La vida transcurre en lugares y nuestro oficio no puede evitar que esos lugares se asocien a las experiencias personales de cada uno. En el mismo parque dan tus hijos sus primeros pasos o se muere tu abuelo de un infarto. A veces intento imaginar en lo que pensaba Olmstead cuando diseñó los jardines de Central Park en Nueva York, pero él podía transformar la gran urbe y nosotros trabajamos en un estadio distinto de la evolución de las ciudades, trabajamos sobre lo ya hecho, vamos al rescate. Me gustaría que los lugares nos hicieran descubrir el mundo oculto a nuestros ojos. Porque necesitamos volver a mirar el mundo real, no vagar por la ficción, ni levantar una fantasía, ni permanecer evadidos. Necesitamos un espejo pero curativo, volvernos a enamorar de nosotros mismos, de nuestro hecho concreto y humano, por defectuoso que sea. Yo no tenía ni pensado ni ensayado el discurso, pero consideraba correcto defender la idea de mi propuesta de jardín con una teoría general del paisaje como referente arcaico, puede que en desuso frente al esplendor tecnológico y la ingeniosidad de otros concursantes. No podemos permitir, proseguí, que la arquitectura y el urbanismo sean divertidos para quienes los practican pero inapreciables para quienes los han de padecer. La modernidad, la modernidad cierta, es encontrarnos de nuevo a nosotros mismos y descubrir la casa, la calle, el tiempo, el amanecer, el atardecer, el sol, las nubes, lo orgánico. Puede que me empezara a sentir ridículo, pero ayudaban las interrupciones en las que Helga me traducía al alemán. Me renovaban las fuerzas. Siempre me acuerdo, continué, de algo que le oí decir a Buñuel, que sostenía que era ateo, que no creía en Dios salvo en el dios inventado por los hombres, en la mentira que ponían en pie para consolarse. Pero que frente a la ciencia y la tecnología, como soluciones de alta precisión para todo, prefería, con mucho, la chapucera idea de Dios.

Cuando terminé, Àlex Ripollés bromeó con mi discurso. A ratos parecía más bien una lección de religión, ¿de verdad prefieres a Dios antes que un buen teléfono móvil? Todo lo que has dicho me ha sonado un poco a tratado de jardinería como autoayuda. El público rió cuando Helga lo tradujo. No estoy de acuerdo en absoluto, aunque sinceramente me encanta el proyecto que has presentado a concurso, esos relojes de arena para sentarse a mirar el tiempo pasar. Pero él prosiguió, nuestro oficio no es consolar al ciudadano, los espacios públicos no son plantas de rehabilitación, nosotros tenemos que sacudir a la gente, bambolearla, increparla. Nunca calmarla, sino todo lo contrario. Hay que desafiarlos, agitarlos, golpearlos, incomodarlos. Helga traducía casi al tiempo que Àlex hablaba.

¿Ah, sí? ¿Eso es lo que te gusta? ¿Ésa es nuestra labor? Vamos a probarlo, le interrumpí. Déjame probarlo contigo, dije, y me levanté del asiento y comencé a sacudirlo por las solapas, a agitarlo, a bambolear su silla con ruedas. Esto es lo que tú crees que debemos hacer con la gente, ¿verdad? Lo que estoy haciendo yo ahora contigo. ¿Sabes lo que siempre he deseado hacer con una película cruel donde los personajes son humillados y vejados?, aplicarle esa disciplina al director, al guionista. Helga iba tarde en la traducción de mis palabras, pero los espectadores ya no prestaban atención a lo que decía, sino a mi violencia incruenta y fuera de lugar. Ella se rió, entre la incomodidad general. Àlex Ripollés no se resistía, pero estaba tenso tras su aire aseado y de relajada superioridad. Delante de Marta no había estallado y la soledad es siempre un rincón para la autocompasión y la lágrima, pero aquel auditorio invitaba a mi arrebato furioso.

Toda esa rabia destilada la pagó Àlex Ripollés en la mesa redonda, que pese al nombre no incluía mesa ni redondez ninguna salvo la del joven diseñador coreano cuyo tono de voz era idéntico al de un niño de seis años. La ira culminó con mi gesto desafortunado de empujarle en la silla rodante. Estábamos situados sobre una tarima que elevaba quince centímetros nuestra charla sobre el poco público presente. Con mi empujón, la silla rodó hasta el borde y cayó al corto abismo. Àlex Ripollés se dio de bruces contra el suelo y la silla le golpeó un instante después. Se hizo un silencio de tanatorio. Parte del público y dos ponentes ayudaron al caído a ponerse en pie. Àlex Ripollés tranquilizó a todo el mundo, dijo estoy bien. Alguien trajo la silla vacía de nuevo a su posición en la tarima. El moderador del acto me recriminó la actitud con palabras duras, sonaban en su alemán a pedruscos de lapidación. Mejor no te traduzco, me dijo Helga, es mejor que te vayas. Perdón, quiero pedir perdón, sólo estaba tratando de demostrar mi punto de vista. Preferí dejarlo ahí, porque las miradas de todos alrededor eran de enorme desprecio y algo de miedo.

Abandoné la sala con pasos arrastrados. Salí del corazón del palacio de congresos de ladrillo rojo y busqué la calle más transitada. Intenté volver a encender el teléfono móvil pero nada dentro de él respondía a mi desesperación. Caminé por la calle comercial, hasta un cine cercano de dos salas llamado Kino Rio. A su lado un puesto de fruta y detrás una tienda de telefonía. Empujé la puerta y esperé a que me atendiera un joven atareado con otro cliente. Todos los anuncios que rodeaban el expositor de móviles presentaban mujeres y hombres jóvenes y bellos, en el mundo de la conexión permanente. Cuando el chico quedó disponible le tendí el móvil y le hice entender mi accidente doméstico en la ducha, eludiendo la masturbación. Meneó la cabeza, extrajo la batería y luego admitió su incapacidad para arreglarlo. Elegí entonces, en un gesto de supervivencia, el teléfono más rutilante de todos los que exponía en la tienda. Quiero éste, afirmé. *Eine gute Wahl,* dijo él. Buena elección.

Con renovada fuerza, que sólo inyecta el consumo, volví al palacio de congresos. Tenía que excusarme, pedir perdón a todos. Cuando entré aún terminaban los parlamentos de los invitados. Alguien había apartado mi silla vacía. Me senté al final de la sala, en la última fila. Saqué el nuevo teléfono de su caja y cambié la tarjeta desde el mío. Mi cuenta bancaria había quedado a cero, pero era urgente empezar a recuperar mi sitio en el mundo. La batería estaba descargada. Tenía que encontrar algún lugar donde enchufarlo. Miré alrededor, pero entonces terminó el diálogo. Aguardé a que Àlex Ripollés enfilara hacia la puerta y fui a su encuentro, le tendí la mano. Lo siento. Pero ni siquiera me miró, tan sólo susurró un vete a la mierda.

El director del congreso se acercó y me dijo algo en alemán que no entendí. Helga nos observaba mientras caminaba en mi dirección. Con un gesto compartí con ella mi incomprensión ante las palabras del hombre. Sólo ha dicho algo sobre tu comportamiento, me explicó ella. Algo así como las maneras que has usado te quitan la razón. *Die Ma-*

nieren, deren du dich bedient hast, setzen dich ins Unrecht. Die Manieren es tu modo de comportarte. *Recht haben* es como decimos tener razón. Así que *ins Unrecht setzen* podríamos traducirlo como quitar la razón. Un poco complicado, la verdad.

Me hizo buen efecto la prolija explicación de Helga. Transformar el momento en una clase de alemán le quitaba gravedad a mi conducta. Se quedó allí plantada. ¿Estás bien, seguro? Yo asentí con la cabeza, creo que me disculpé de nuevo. Se te habrán acabado los vales de comida. ¿Quieres que te lleve a cenar a un sitio rico? Te invito. No, no, traté de negarme. Lo que menos necesitaba ahora era la piedad de los desconocidos. Venga, no te vas a quedar por ahí solo.

Fuera estaba oscuro y Helga se rearmó con el abrigo para luchar contra el frío. Fuimos caminando por la avenida, lejos del palacio de congresos. Si te gusta el chucrut puedo llevarte a donde hacen el mejor de la ciudad. Yo asentí sin demasiada euforia. Por primera vez caí en la cuenta de que Helga era esbelta y que su cara conservaba una expresión infantil superados los sesenta. Tenía arrugas alrededor de los ojos y encima del labio superior, pero torcía la sonrisa con una pose irónica que transmitía confianza en sí misma. El pelo era del color de la ceniza y lo llevaba recogido con naturalidad en una cola de caballo baja, despejada la frente amplia, con cejas muy finas y una nariz poderosa que venía a coronar toda una declaración de personalidad. Debió de ser muy guapa de joven, y ese pensamiento se me hizo insultante. Guapa de joven es una expresión desafortunada, me corrigió una vez un profesor de la facultad durante una conversación informal. De joven se es joven, la belleza transita por otro carril. O debería transitar por otro carril, me explicó. Cuando estuve a punto de resbalar en el hielo, Helga me tomó del brazo con agilidad. Cuidado, a esta hora se hielan las aceras.

Agradecí el calor del restaurante a rebosar y la cerveza que nos tomamos en la barra mientras un camarero cómplice con Helga nos encontraba hueco entre las mesas de madera. Quedamos rodeados de bávaros ruidosos. Yo presté atención a las conversaciones ajenas, a veces más al bailoteo del bigote que a la frase en sí, al tono bravo de sus disputas cordiales pero encendidas. Lo hacía también por evitar entablar una conversación incómoda con Helga, que pidió de cenar pero apenas probó bocado mientras yo engullía la variedad de salchichas sin poder evitar la idea infantil de que eran penes y entregado al esfuerzo de imaginar el rostro de sus dueños a partir del miembro amputado. Ella me traducía algunas bromas que todos reían y explicaba a quien se interesaba por mí que yo era español. Por cierto, ¿de dónde eres? De Madrid, dije. Ah, Madrid me encanta, qué ciudad. Hace mucho que no voy, pero me gusta caminar por el barrio de la

Ópera, junto al Palacio Real. Me gusta mucho la ópera, dijo. Me explicó que había entrado en una coral tres años atrás y que después de toda una vida convencida de que cantaba horriblemente mal estaba orgullosa de los elogios de su profesor. Toda la vida acomplejada y al final resulta que cantaba bien, me dijo con una sonrisa. ¿Ah, sí? ¿Y qué cantas?, le pregunté. Una vez fuimos a Madrid a cantar Schubert. Y sin ningún rubor entonó, con voz queda, algo que podría ser un *lied* de Schubert si yo hubiera sabido identificarlo. Luego volvió a hablar con naturalidad. Al lado de la Ópera en Madrid se pone siempre un mimo muy divertido que se burla de la gente que pasa, me contó. Se sorprendió al ver mi gesto horrorizado. Le expliqué que odiaba a los mimos. No me preguntes por qué pero me alteran, me sacan de mis casillas, son una mezcla de payaso trágico y árbitro amanerado que despierta mi agresividad. Y cuando hacen eso del cristal.

Imité entonces la rutina del mimo ante una pared de cristal. Ella se rió. Lo haces muy bien. Sí, me podría ganar la vida de mimo español en Alemania. Así además no habría problemas con el idioma. Claro que ahora no quieren españoles sin trabajo por aquí, sólo quieren ingenieros. Bueno, tú eres arquitecto. Sí, la verdad es que una de las salidas profesionales de la arquitectura ahora mismo en España es ser mimo callejero, es de lo que más nos estamos colocando. Helga respondió a mi tono de broma. Claro, el mimo crea arquitecturas invisibles. Exacto, como yo, le aseguré. Todo lo que creo es invisible, nunca jamás se lleva a cabo. Ella se rió con generosidad. Deberías ser actor, añadió a modo de oscuro elogio. Marta era actriz, dije.

Al pronunciar el nombre de Marta fue fácil verme ensombrecer bajo la borrasca de recuerdos. Con cierta impudicia respondí a las preguntas de Helga sobre nuestra relación y la ruptura inesperada. No me costó desbordarme un poco para contarle las últimas horas juntos en Múnich, al fin y al cabo hasta ese momento no había podido compartirlo con nadie. Lo complicado era disimular la tristeza. Bastaron dos o tres indagaciones de Helga sobre nuestro pasado común para que yo le soltara un monólogo inacabable que se remontaba al comienzo de nuestra relación, la tristeza de ella por el abandono de su novio cantante uruguayo y mi esfuerzo para que recuperara la felicidad, nuestro trabajo juntos, la convivencia, los días malos, los días buenos. Está obsesionada con los veintisiete años, desde que los cumplió le ha dado un ataque de melancolía, convencida de que la vida se le escapa entre los dedos, y se reconoce angustiada. Mi impresión es que la ruptura y el volver con su antiguo novio tiene que ver más con eso, con una crisis personal, que con algo de nuestra relación.

Oh, vamos, me cortó Helga, que para entonces había bebido bastante vino blanco. No me puedo creer que nadie tenga una crisis a los veintisiete años. Entonces, ¿qué deberían hacer las mujeres a los cincuenta y siete? ¿Organizar un suicidio colectivo? ¿Y yo?, que tengo sesenta y tres. Me hizo reír y luego siguió hablando sobre las mujeres y el paso del tiempo y las dificultades para convivir en pareja y entonces me dijo todo este dolor que ahora sientes, te hará crecer. Yo no quiero crecer más, ya soy suficientemente alto. Pero ella ignoró mi broma. Puede que mis limitaciones para hablar en inglés tuvieran la culpa. A mí me relajaba el tener que expresarme de un modo tan primario en una lengua que me era ajena. Te hará mejor, siguió diciendo ella. El dolor es una inversión. Yo negaba con la cabeza, abatido, incapaz de encontrar el sistema bancario donde especular con todo el dolor desencadenado dentro de mí.

Consciente de que era difícil sacarme del ensimismamiento, Helga me habló de asuntos prácticos. Dónde estaba mi maleta, si tenía hotel para pasar la noche, si había pedido cambiar mi billete y cuándo pensaba regresar. Lo mejor es que estés con tus amigos ahora, con tu familia, con la gente que te quiere. Pero yo pensaba que ese círculo lo presidía Marta. Nos fuimos emborrachando mientras le hablaba de mi familia, de mis hermanas, que eran todas bastante mayores que yo, porque fui un niño inesperado, que llegó diez años por detrás de la última de las cuatro. Poco podrían ayudarme ellas en una situación así. Le dije que pensaba encontrar un hotel barato y pasar unos días más en la ciudad, retrasar la vuelta a Madrid, donde al llegar tendría que encarar la separación, el abandono del piso. Le conté que no tenía billete de vuelta y pensé por primera vez en el coste de mi despecho, en mi estúpida compra de un móvil carísimo. Cuando llegó la cuenta, Helga se adelantó a pagar, resuelta. Prometí invitarte. Pero déjame hacerte una pregunta que me da curiosidad. ¿Tú crees que Marta, cuando te envió el mensaje por error, eso que me has contado, en realidad se equivocó? Me sorprendió la pregunta. A ver, lo más normal es que se equivocara al enviarlo, pero también la equivocación le ahorraba darte muchas explicaciones, contártelo todo. El mensaje fue una estrategia. ¿No lo crees? ¿No crees que ella se equivocó a propósito para ponerte al corriente?

No lo había pensado, confesé. No tenía una respuesta para esa duda. Ya nunca presenciaría los esfuerzos de Marta por contarme las novedades de sus sentimientos. Hagamos una cosa, yo no vivo lejos de aquí. Ven a mi casa esta noche y mañana recuperas la maleta y tratamos de resolver con la organización del congreso lo de tu billete de vuelta. A lo mejor te pueden pagar otro o por lo menos conseguirte un vuelo barato, tienen acuerdos promocionales con varias compañías. Le di las gracias, pero me negué a todo durante cinco minutos. En la calle continuaba sin aceptar ninguna de sus propuestas, pero la seguí hasta la parada de taxis y subimos al primero disponible.

Entrar en su casa, pese a la euforia alcohólica, me obligó a extremar la prudencia. ¿Estaba pasando algo entre nosotros que yo no procesaba? Helga se mostraba cómoda, pero la idea de que estuviera seduciéndome se me antojó grotesca. Tan sólo era amable conmigo. Una mujer como ella tenía que sentirse concernida después de encontrar a un español llorando en un banco de la calle y luego verle empujar por el escalón del escenario a un colega arquitecto paisajista durante una mesa redonda. Con el aspecto de jubilada animosa que colaboraba de voluntaria en el congreso de paisajismo, su actitud era más bien una oferta amable de hospitalidad antes que un flirteo a destiempo. En la pared del salón había un enorme cartel de *Der letzte Mann* de Murnau y dos cuadros abstractos perdidos en la penumbra.

¿Vives sola?, pregunté, y ella me invitó a sentarme. No, no, y me señaló un gato que en ese momento se rozaba contra sus zapatos, de un gris absoluto. Lo tomó en brazos y le acarició entre los dos ojos. El gato no dejó de mirarme, con una mirada, más que humana, inteligente. Se llama Fassbinder, me explicó. Helga me ofreció de beber y al final nos inclinamos los dos hacia el vodka. Acababa de recibir de regalo una botella de vodka polaco que trajo la chica que limpia la casa y ella apenas bebía ni tenía invitados a menudo. Cuando brindamos me explicó que vivía sola desde hacía más de quince años, cuando su marido y ella se separaron. Yo también he pasado por tu situación de ahora. Intenté esforzarme por valorar lo trágico de su separación, una mujer mayor abandonada por el marido de toda la vida, pero el sentimentalismo es egoísta, es un nacionalismo del yo, que siempre te hace más víctima, más perjudicado, más importante que cualquiera.

Tenían dos hijos. El mayor, Volker, de casi cuarenta años, y la pequeña dos años menor, se llama Hannah. Tu marido te dejó por una jovencita, seguro. No, no, trabajaban juntos, tenían la misma edad. Bueno, ella tiene mi edad más o menos, mi marido es cuatro años mayor que yo. Vivieron una historia de amor muy trabajosa, que les llevó años reconocer y confesarme. Fue un momento muy triste para mí, pero sobre todo por quedarme sola. Agitó de nuevo la botella de vodka en el aire y vi la brizna de hierba en el fondo, también solitaria. Pero nos llevamos bien y en navidades siempre me presta su casa en Mallorca. Compramos una casa en Mallorca, en una cala preciosa, se la quedó él, yo me quedé con este piso cuando repartimos propiedades. Pero aún voy a pasar allí todos los fines de año. ¿Vas con tus hijos? No, no, todos tienen otros planes para Navidad, sólo les gusta Mallorca en el verano, con el sol y la playa. En fin de año van a la nieve. Yo prefiero la playa en invierno. Yo también, le dije, pero en realidad era Marta la que prefería las playas en invierno, le gustaba más pasear por la arena tirando de las mangas de un jersey que en bañador. Tengo cinco nietos, no te creas. Había perdido el hilo de su conversación, pero silbé cuando escuché lo de los cinco nietos y el gato giró el cuello desde la alfombra para mirarme, algo incordiado. ¿Tú y Marta tenéis hijos?

La pregunta me resultó sorprendente. ¿Hijos? Marta y yo habríamos tenido hijos en un tiempo, seguro, cuando las economías fueran mejor y nuestros trabajos más suculentos. Yo quería tener hijos, pero ella era un poco más joven, le detallé sin demasiado motivo. Cuando le decía a Marta, expliqué en mi inglés tentativo, que el mundo necesitaba que ella tuviera hijos para mejorar el paisaje humano, se reía de mí, me decía que era una idea muy infantil y romántica. Los niños no pueden tener niños, le conté que me decía Marta para provocarme. Helga se rió. El amor es siempre infantil, ¿no? ¿Y qué? Seguro que la primera persona que cortó una flor y se la regaló a alguien se comportó como un estúpido romántico. Para ser un estúpido romántico hay que ser valiente. Aunque la estaba mirando, abrí los ojos hacia Helga, sorprendido por la firmeza de la sentencia que acababa de pronunciar. Abrí los ojos aunque estaban abiertos. Reparé en ella con un desperezado interés, en lugar de mirarla al través, que era lo que había hecho desde que la conocí. Recuerdo cuando mi marido me dijo en la primera cita juntos una cursilería, pero que me encantó. *Deine Augen sind wie die Karibik.* Algo así como tus ojos son del color del mar Caribe, me tradujo Helga. Tuve que darle la razón al marido, tantos años después de aquella primera cita, porque sus ojos seguían brillando con un turquesa transparente. Yo me eché a reír cuando me lo dijo, pero prefería esa cursilería a tantos años que vinieron después sin esa febrilidad que entonces te parece ridícula, aseguró Helga. ¿Febrilidad?, existe esa palabra en inglés, me preguntó Helga, que a menudo pronunciaba palabras en inglés con una sutil duda. Sí, claro que existe, le dije, y si no la inventamos.

Sería complicado detallar nuestra conversación posterior. Saltábamos entre asuntos, lo mismo yo le explicaba mi rencor hacia Àlex Ripollés, acumulado en otros concursos, que ella me contaba su primer ataque de rabia con la separación, cuando rompió todas las fotos en que aparecía su marido y luego pasó meses tratando de recuperarlas de viejos carretes o álbumes de sus hijos. Es idiota atacar tus recuerdos, sería igual de estúpido que pisotearte la mano porque un día acarició al amor perdido. Y yo dije que sí sin demasiada convicción. Que todo acabe mal es una condición inherente al hecho de estar vivo, afirmó ella como si recordara la frase exacta de algún libro.

Helga era divertida y cuando sonreía se le relajaba la tensa mandíbula. Se burlaba de mi estado de ánimo, en el fondo echo de menos sentirme tan herida como te sientes tú ahora. Me contó que cuando me había encontrado en el parque, solo, sentado en el banco, le había hecho pensar en su padre. Mi padre era ruso y vino a Alemania antes de la guerra, sin conocer a nadie. Tenía las manos como tú. Siempre fue más ruso que alemán. Mi madre lo domó un poco, lo alemanizó. Levanté el vaso y la invité a chocar su vodka con el mío en un brindis. *Na zdorovie!*, dije con la conciencia súbita de una compañía, allí en el desierto.

Yo también debería quedarme a vivir en Alemania, añadí en el momento en que terminó de contar la decisión de su padre de emigrar. Ni se te ocurra, aquí los españoles os ponéis mustios, como las plantas sin sol. Este país es muy organizado, pero no es tan libre. Yo a veces tengo la sensación de vivir dentro del mecanismo de un reloj, vosotros los españoles vivís flotando en el aire, tiene sus problemas, pero es más, no sé, buscó la palabra, más eufórico. La tragedia de un español es que no puede ser feliz en ningún otro país del mundo, dijo. El español es su clima. Conozco a algunos de Mallorca que se vinieron aquí a trabajar, mi padre era diferente, se quedó aquí por mi madre. Porque mis padres se querían de una manera asombrosa, siempre me ha marcado cómo se querían. Yo aspiraba a fundar una pareja similar a la de mis padres. Era casi una ensoñación, un deseo. Y aunque era infeliz con mi marido, para mí era fundamental seguir juntos, me agarraba a esa imagen de mis padres, que era la que quería emular. La de mi padre poniéndole a mi madre esas viejas canciones rusas en el tocadiscos de casa, y Helga guardó un silencio rememorativo. Supe sin que ella me lo dijera que los ojos eran heredados de su madre, tenían que serlo. Por eso el día que mi marido se decidió a dejarme, después de mucho tiempo de engaño y de mentirnos, mi decepción mayor era reconocer que no había sido capaz de sostener una vida reflejo de la de mis padres, una pareja así. Mi mundo ideal se derrumbaba, pero yo me mentía a mí misma, de eso no tengas dudas. Como te mientes tú ahora. Porque lo que nos hiere no son las personas, sino ver destrozados nuestros ideales, y eso nos hace añicos.

¿Y después no te volviste a juntar con nadie? Mi pregunta se quedó en el aire unos segundos. Es complicado, los hombres buscan sexo en las mujeres, sólo sexo, pero no quieren nuestra compañía, nuestra conversación, compartir cosas de verdad, no quieren eso. Ya, dije yo, incapaz de sacar la cara con un buen argumento por la mitad del mundo que dependía de mí como abogado defensor en ese momento. Bueno, dijo Helga, tuve las aventuras típicas del despecho. Me liaba con alguien, algún amigo suyo, pero sólo para joder a Götz. Götz era mi marido. Yo reí. Joder a Götz, qué buen título para una película. Luego pensé que yo también pronto hablaría de Marta siempre en pasado. Marta era, Marta hacía, Marta decía. Sí, me consoló Helga, no te preocupes porque hablarás en pasado de casi todo. Señalé una foto en blanco y negro apoyada en la estantería de una joven hermosa, sentada en el suelo con las rodillas recogidas casi a la altura de la barbilla. ¿Era tu madre?, pregunté. No, era yo. Reparé en esa rara expresión de pasado y presente en una misma frase: era yo. La vaharada de aquella belleza juvenil se posó sobre ella con un silencio espeso y nostálgico que a la luz de la lámpara lejana la hizo atractiva y junté mis labios con sus labios y la besé con levedad. Ella no rechazó el beso, pero cuando quise llevarle la mano a la nuca y atraerla hacia mí, me detuvo con energía. Me posó su otra mano sobre la boca para empujarme hacia atrás. No, no, no hagas esto. ¿Te imaginas el ridículo? No, no, yo ya no estoy para romances, de verdad, no te equivoques. Yo ya me he despedido de eso. Te he traído aquí para que no te quedaras allá tirado en la calle, no para seducirte. Se me arrugó la sonrisa como se arruga un paquete de cigarrillos al terminarlo. Hablemos, háblame de tu trabajo, de tus proyectos.

Me sentí ridículo e incómodo. Negué con la cabeza e intenté sonreír. Traté de explicarle durante un rato lo que me había llevado a mi oficio, a estudiarlo, a quererlo desempeñar, hasta que logré aburrirme a mí mismo. Lo mejor es que nos vayamos a dormir, dijo ella. Hemos bebido demasiado y me parece que se te nubla la razón. Tú tienes que arreglar muchas cosas de tu vida, como para meterme a mí en ese lío que tienes ahí dentro, y tocó mi frente con la punta de su dedo. Me sonaba a una madre dando consejos, pero con un punto de ironía casi hiriente, y ese acento alemán que concedía autoridad a todas sus frases en inglés. En un momento dado sospeché por su gesto desprendido que se burlaba de mí. Mañana se reiría con sus amigas. No traigo a un joven a casa y él va y se lanza a besarme, increíble, ¿verdad, Greta? Pero en qué coño piensan los jóvenes de hoy, estos españoles son unos descarados. No son más que africanos ofreciendo sexo a unas turistas alemanas maduritas, como le pasó a Inge en Kenia.

De pronto me sentía violento. Avergonzado, la seguí hasta el cuarto de invitados, antiguo dormitorio de su hijo. Me señaló el baño y cuando terminé de soltar una meada caudalosa y desbordada me esperaba a la puerta con dos toallas plegadas. Volví a sufrir al verla allí plantada, seguramente había esperado más de la cuenta a que yo terminara de mear ese torrente acumulado en la vejiga. Helga llevaba un vestido que dejaba admirar sus pechos, el contorno del sujetador que los sostenía como un postre

62

en su bandeja, y me excitó tanto la vena morada y fina dibujada en su seno pálido que la besé de nuevo, pero ahora ya no le permití controlar la distancia. Tiré las toallas de sus manos. Ella posó los brazos en mi cintura y me atrajo al contacto de su cuerpo. Yo me había quedado en manga corta y ella introdujo la mano hasta el hombro en una caricia que se transformó en el arañazo leve de sus uñas. Reculé hasta llevarla a los pies de mi cama y la senté y me desnudé ante ella, deprisa, en cuatro espasmos, sin apenas tocarle más que el pelo una vez para retirarlo de su rostro.

Desnudo frente a ella, yo de pie y ella sentada, me ofrecía para su deseo, quería ser una especie de regalo desenvuelto. Helga interpretó por la posición que yo pretendía que me chupara la polla, así que se movió con sutileza para dejar claro que no lo iba a hacer. Me tomó de la mano y me tumbó sobre el colchón. Ella se colocó sobre mí, más bien a mi costado. Fue desnudándose con torpeza y dificultades. Mi ayuda sólo servía para complicar las acciones, pero ese proceso laborioso se volvía divertido y hasta excitante.

Aunque plantaba de tanto en tanto su mano sobre mi polla, que crecía sin complejos, había en Helga una timidez casi adolescente. Cuando conseguí bajarle el vestido tropecé con las bragas de alguien que no se ha preparado a conciencia para este ejercicio de desnudez. Pero los estímulos desasosegan-

63

tes de un cuerpo con imperfecciones evidentes se diluyeron cuando ella misma terminó por desprenderse del sujetador, en cuyo cierre mis dedos habían forcejeado con heroísmo paralímpico. Surgieron dos senos blancos y libres como fruta alcanzada del árbol. Hubo entonces un primer atisbo de fortaleza y hasta orgullo por parte de Helga, que rozó sus senos contra mi pecho, segura de ser deseable y menos retraída que hasta ese momento.

Nos besábamos con besos desordenados que fueron volviéndose más húmedos en cada embate. Su lengua estaba áspera del vodka, pero la mía pastosa de la borrachera. Me desordenó el pelo rizado, creo que en la cena me dijo que le gustaban mis rizos, pero ni ella ni yo pensamos que terminaría la noche jugueteando con ellos y entrelazando los dedos mientras me estiraba con fuerza, supliendo yo al gato como destinatario de sus mimos. Alcanzar el coño de Helga no fue fácil porque ella me apartó la mano varias veces y sin jugueteos. A mí me resultaba urgente proceder a su estimulación, que diría un manual práctico, pero más que nada porque cada vez que sus dedos se aferraban a mi miembro me llegaba una oleada incontenible. Quería que ella se corriera antes para zanjar la disputa de prioridades. Con Marta sucedía así casi siempre. Lograba que ella se corriera sin perder de vista su rostro, que se crispaba, con algo de enfado hacia la pérdida de autocontrol, pero con toda la belleza de su esfinge. A partir de ahí ya no me importaba dejarme manipular, gobernar y finalmente ir. Helga intuyó mi proceso mental porque posó la mano en su sexo y trató de excitarse.

La escena era complicada, la cama pequeña, la colcha se descolocaba sin que tomáramos la decisión de entrar bajo las sábanas. Cuando posaba mis manos en su culo para ayudarla a trepar sobre mí, notaba la carne liberada que se agitaba también en su cadera, que agarré con fuerza. Pero, lejos de atemperar mi excitación o devolverme sin remedio al culo perdido de Marta, tan perfecto y terso que recordaba una manzana, me aumentaba ese grado de delirio de carnalidad en el que estaba sumergido.

Fue Helga quien arrancó la ropa de cama y corrió a meterse bajo las sábanas, con esa timidez que acaso regresa con la edad, al igual que la senilidad trae la desinhibición de los niños. Me sonrió cuando yo me quedé solo desnudo al otro lado del telón, expuesto mientras ella se cubría casi hasta la barbilla. Salté cómicamente dentro entre las sábanas y nuestras pieles volvieron a tocarse, ahora con la doble excitación de estar a cubierto, donde todo sucede fuera de la vista. Me coloqué encima de ella y cuando comencé la prospección para penetrarla me encontré con una firme oposición que no era capaz de vencer. Recuperé los dedos ágiles, conscientes ahora del trabajo que costaba humedecer su sexo, con el tacto invadido por los pelos de su pubis, acostumbrado como estaba al sexo afeitado de Marta y a lo sencillo que era notar cómo sus muslos se empapaban.

Helga detuvo mi mano con su mano y un ligero vuelco de su cuerpo. No, ¿sabes?, llevo demasiado tiempo sin hacerlo. La frase sonó seca, en absoluto a ruego. Cerró los ojos y dejó caer la cabeza hacia atrás, en la almohada. Claro, dije yo. Acerqué mi polla a su sexo pero sin intención de penetrarla, la rocé allí durante un largo minuto. ¿Y esto se cierra si pasas mucho sin usarlo?, más que a pregunta pretendía que sonara a ironía, pero Helga respondió con una carcajada. Sí, seguro, se cierra herméticamente. Recordé el estante del baño y me levanté despacio, salí hacia allá. Busqué con la velocidad del ladrón un tarro de crema hidratante que me había parecido ver la primera vez que entré. Había marcas nada familiares, con etiquetas en alemán. Pero encontré la crema de manos y corrí al dormitorio de nuevo. Esto ayudará, dije. Me arrodillé delante de ella y me di algo de crema alrededor de la polla. A ella le divirtió mi acción y manchó las yemas de sus dedos de la crema blanca y comenzó a extenderla con firmeza y habilidad. Su mano resbalaba a lo largo de mi pene y la fortaleza con que se manejaba me excitó tanto que corrí a descubrir sus pechos bajo las sábanas y correrme sobre ellos de manera torrencial. Ella no dejó de acariciarme y luego de exprimirme con la dedicación que se le pone a vaciar el bote de ketchup. Mi semen resbalaba por sus pechos en regueros vivos que corrían hacia las axilas.

Me dejé caer sobre ella, derrotado por la fatigosa recuperación de la gravidez y la consciencia. Noté la humedad compartida, la crema extendida, su sonrisa de nuevo terminada en la barbilla firme, con esa mueca irónica. Nos quedamos inmóviles, mientras se solidificaba el pegamento entre nosotros. Me acariciaba la nuca con la punta de los dedos que escarbaba bajo mi pelo y yo pensé cómo cojones había terminado allí y lo que podía hacer para escapar. A lo arrojado venía ahora a sucederle lo racional, siempre tan incómodo.

Ella balanceó el cuerpo para abrirse espacio, luego dijo espera, y se recolocó. Es probable que yo la estuviera aplastando, así que fui recuperando el lado de la cama hacia el que me vencía, mientras ella de manera tácita guardaba su posición, como si después de la batalla el esfuerzo consistiera en preservar la línea de trincheras. Los dos miramos el techo, en fuga, y ella suspiró con cierta vergüenza. Vaya, ahora viene lo duro, ¿verdad?, bromeó ella. No, dije yo, pero sin acertar a añadir nada.

Mejor me voy y te dejo dormir, propuso cuando me oyó respirar fuerte, mitad por la borrachera, mitad por el cansancio. La noche anterior apenas dormí, me justifiqué. Marta estaba entonces tan cerca pero tan lejos. Y ahora, una noche después, tan lejos pero tan cerca. Yo me había tumbado sobre las sábanas cancelando mi vida activa, pero retuve a Helga cuando quiso salir. No, quédate. Aunque ella agradeció mi frase, negó con la cabeza. Lo siento, se excusó, he perdido la práctica, esto es un poco absurdo para mí. Yo no dije nada y el silencio se adueñó de sus explicaciones. Aún la sujetaba en torno a las caderas, con su vientre abultado bajo mi brazo. ¿Sabes que hace casi doce años que no estaba con un hombre?, me confesó. No jodas, dije. Me arrepentí al decirlo, porque sonó a burla. Intenté que me mirara, pero no levantó los ojos hacia mí. Tantos años sin relaciones sexuales convertía el momento casi en una segunda pérdida de la virginidad. Pese a la borrachera y el agotamiento, puse todo mi empeño en transmitir delicadeza. Al menos la delicadeza que ella merecía.

Acaricié sus muslos destensados. De pronto, todo era una cuesta arriba extenuante. Sentirla cerca, pese a que su perfume era tolerable, se me hacía fangoso. Mi semen se me antojaba frío y desagradable cuando lo encontraba en mis caricias. La presencia sexual era toda incómoda y sucia. Intenté hablar y logramos mantener una corta conversación. Ella se excusó, dijo que seguro que me había encontrado en un momento de debilidad. Yo lo negué. ¿Cuando salías con Marta alguna vez te acostaste con otras mujeres?, me preguntó. Balanceé la cabeza. Sólo tres veces en cinco años, respondí con sinceridad. Una antigua novia que era bastante más salvaje que Marta en la cama —me cazó tras una fiesta en una corta y brutal sesión de puesta al día sobre lo que me andaba perdiendo ahí fuera—, y de la que huí con mala conciencia. Pero no tan mala como la segunda vez, un verano que Marta se fue con sus padres a la playa quince días y yo acabé con una chica que conocí por amigos y que era de Logroño: después de correrme en su cama de hotel me había fugado sin apenas despedirme con la descortesía de los falsos virtuosos. La tercera fue la más reciente, cuando la actividad sexual con Marta se había reducido tanto que follar era una exigencia fisiológica y la ruleta se detuvo en una fotógrafa amiga nuestra, de origen guineano, que vino a la oficina para preparar el catálogo de nuestras mejores maquetas y después de intimar mantuvimos tres o cuatro encuentros llenos de sudor y pasión aeróbica, pero sin esperanza de continuidad ni el más mínimo roce emocional entre los dos. Ella conocía a Marta y me decía es que tienes una novia tan guapa, me encanta. La había fotografiado en varias ocasiones durante su etapa de actriz promesa y hablaba de mi pareja como si en vez de retozar desnudos en la cama de su piso estuviéramos charlando con dos cañas en un bar.

A Helga no le conté los detalles. Pero se rió cuando dije lo de tres veces en cinco años, casi pronunciado a la manera de una ecuación matemática. Luego supuse que aquellos accidentes laborales en el andamio de la pareja eran signos de cómo la relación con Marta embarrancaba despacio hasta que ese antiguo novio cantante uruguayo regresó como regresan los sueños aplazados. La octava vez que me referí a él como el cantante uruguayo, Helga se burló de mí. Dices cantante uruguayo como si hablaras de una especie exótica de pájaros. Bueno, quizá lo es, me evadí. El sexo casi siempre suele ser la pista más fiable del estado de una relación, me explicó Helga en un desvío de la conversación. Mi marido dejó de exigirme hacer el amor con esa forma tan suya, brusca y sincera, con la que se metía en la cama y me empujaba a hacerlo. Estuvo siete años engañándome con su amante antes de que nos dejáramos. ¿Siete años? ¿Y no te dabas cuenta?, pregunté. Sí, bueno, no sé, pensaba que se desahogaba por ahí, me resultaba hasta cómodo, pero no intuí que pudiera establecer otra relación profunda, ahora entiendo que me equivoqué, pero por lo menos he dejado de sentirme culpable. Sólo me faltaba eso, abandonada y culpable. Yo también me siento culpable, le dije.

De pronto la idea de una relación larga y estable, la sombra matrimonial, se me hizo un asco. Me había pasado la tarde lamentándome de que Marta hubiera cancelado la felicidad prometida de envejecer uno al lado del otro y ahora intuía que también aquel camino prolongado habría desembocado en lo siniestro. Era mejor que el amor se quebrara en su esplendor, demasiado riesgo someterlo al paso del tiempo. O no, qué estupidez. ¿Quién conoce la verdad? ¿A quién le importa la verdad?, esa verdad que sucederá lo quieras o no; si lo hermoso es tan sólo caminar hacia ella, despacio.

Los pezones de Helga eran gruesos y la aréola tiznada de un rosa intenso se hundía en la carne color de luna. Los vislumbraba cada vez que se los acomodaba con los antebrazos, coqueta al resituarse los pechos antes de seguir hablándome. La pareja es el único remedio que conocemos contra la soledad, dijo, pero todos sabemos que no es perfecto. Luego añadió algo en alemán. *Einsamkeit.* Soledad, me explicó. Es bonito el alemán, siempre he querido aprenderlo.

Helga sonrió y se tumbó sobre su costado. Un verano di clases al hijo de unos amigos españoles, en Mallorca, cuando aún pasaba los veranos allí con mi marido. Yo pensé que insinuaba que se había acostado con él, pero se escandalizó cuando lo di por sentado. ¿No sabes nada de alemán? No, nada. Entonces tocó mi nariz y dijo *Nase.* Luego rozó mis labios y dijo *Lippen.* Después los ojos, *Augen.* El pelo, *Haar.* Y la oreja, *Ohr.* Y cuando tocó mi barbilla y dijo *Kinn,* planté mi mano en su seno. *Brust.* Pensé que se refería a mi brusquedad. O que me hablaba como esos amos que dan órdenes a sus perros en alemán para que obedezcan más a gusto. Pero no era así. Entonces acaricié su pezón hasta que se erizó como una flor recién regada. Nos sonreímos los dos y ella bajó la mano hasta mi polla y la nombró en alemán, *der Penis,* sin poder evitar sonrojarse. No, le dije yo, seguro que nadie lo llama así, con ese nombre científico, ¿verdad? La polla, decimos los españoles. ¿La polla? Sí. *Der Schwanz.* Sus manos aún estaban aceitosas de la crema y la lección de anatomía lingüística había logrado excitarme de nuevo. Pasé mi antebrazo por su entrepierna y la alcé con fuerza. Después me empleé en excitarla, buscando los pliegues y las terminaciones de los huesos, mientras estudiaba la reacción de su boca y de su frente. Hubo algo ahí que estalló de pronto, presa de la sobreestimulación o la acumulada energía del deseo contenido durante tantos años que escapó como el agua de una presa rota. Helga aferró las sábanas con los puños y se dejó ir con algún grito y unos gemidos tan potentes que yo le tapé la boca preocupado por lo que pensarían sus vecinos alemanes, acostumbrados al silencio de la divorciada solitaria del segundo. Disfruté de pronto de la labor esmerada hasta ver correrse de manera tan conmovedora a esa mujer.

Luego ella, tras sentir mi erección, bajó a chuparme la polla después de anunciar esto lo hago fatal. Pero yo no la dejé ir más allá de una demostración entusiasta y generosa, antes de tumbarla sobre el colchón y penetrarla, ahora sí. Hasta que llegó un momento en que ni ella podía lograr más placer del ya catado ni yo acertaba a encontrar lo que buscaba. Caímos en una especie de proceso mecánico que provocó más ejercicio esforzado que pasión. Un atasco de los sentidos, algo entumecidos, que se negaban a más éxtasis. Así que saqué mi pene sobrehidratado y me hice una paja sobre ella, corriéndome esta vez sobre el ombligo y los pliegues de su vientre blando.

Hubo algo en mi acción que tuvo que ver con la rabia erótica y el desafío. No contra Helga, por supuesto, pero sí contra la idea de infelicidad y abandono que me traía el recuerdo de Marta. Helga no intentó ni acariciarme ni besarme, sino que me acogió sobre su cuerpo relajado y luego me dejó tumbarme de lado, darle la espalda y huir hacia el sueño sin caer en esas enervantes y ternuristas caricias en el pelo y en la espalda. Si se sintió abandonada de golpe, lo cual era evidente, lo disimuló con discreción. Cuando me desperté después de una primera cabezada plomiza, cargada de satisfacción sexual y alcohol, ella parecía dormir a mi lado, aunque su respiración delataba que fingía.

Más tarde en la noche roncaba con un pequeño bufido y me sentí algo asqueado y ridículo. Gané un poco más de distancia hacia mi lado en la cama, que se había quedado mínima para ambos cuando ya no queríamos compartir nuestros cuerpos. Traté de volver a dormir, hundido, deprimido y roto, vaciado pero con Marta en la memoria, incluso en la memoria de la piel. Durante la noche, Helga me había contado que el trauma del abandono siempre te lleva a idealizar al otro, a convertirlo a conciencia en más perfecto, más humano, más deseable, más irremplazable. Lo hacemos, me dijo, para causarnos más daño. Ese ideal nos abruma, es un insulto a nosotros mismos, que durante meses o años nos imposibilita querer a nadie más y nos hace mirar a los hombres y las mujeres como pastiches lamentables del ser insustituible que acabamos de perder. Un día encontramos que nuestro recuerdo se hace más preciso y más justo y en ese momento podemos volver a pensar en ser menos infelices. Esto me lo había dicho Helga reclinada en el sofá y con una convicción que me había seducido.

Esa noche ya no tenía apenas fuerza para revivir más detalles de mi conversación con Helga, de la simpatía y naturalidad de su trato. Olvidé la delicadeza que había mostrado ante mí. La coronación sexual de nuestro encuentro borraba los rastros del cuidado conmovedor que me prodigó desde el instante en que me había encontrado sentado en el banco de la calle, quebrado y miserable. Cada palabra y cada gesto de Helga hacia mí fue un consuelo que tardaría demasiado en apreciar. No sólo un maternal refugio para el solitario y desamparado

74

desperdicio humano en que me había convertido la despedida de Marta. No. Había más. Fue la inteligencia, la sabiduría de su conversación la que me regaló un espacio al menos mental para sobrevivir. Regalo de aquella mujer abandonada y sola, voluntariosa en oferta de su tiempo libre, con un piso vacío pero no gélido, triste pero con fortaleza para ofrecerme los primeros auxilios que necesité al emprender mi reconstrucción.

Cuando amaneció noté un movimiento del colchón. Me quedé quieto al igual que haría en un leve temblor de tierra. El dormitorio de invitados, decorado con objetos sobrantes de otras habitaciones, recibió el eco del crujido de la cama al levantarse Helga. Abrí los ojos para verla inclinarse a recoger la ropa del suelo. Posó mis prendas sobre la silla, tras ordenarlas deprisa. Recogió las suyas y las apretó contra el cuerpo que veía desnudo de una manera diferente al episodio anterior. Los desnudos, aislados del deseo sexual, remiten siempre a la fría gelidez anatómica forense. Bamboleaban sus pechos y sus nalgas, sus muslos y sus antebrazos derretidos, su pelo desordenado, su rastro de mujer de arena movediza. No era feo ni desagradable pero algo dentro de mí se abochornó, casi obligado. Me había follado a una mujer mayor alemana. Me cayó encima una oleada de vergüenza que no sabía esquivar. Si analizaba mis sensaciones nada era tan evidente, pero mi cabeza ordenaba una defensa intelectual y estética, con barreras de hierro y barricadas sin sentimientos.

Empecé a reír en silencio. Me miraba desde fuera, con los ojos de mis amigos y conocidos, y la conclusión era grotesca. Me miraba como me miraría alguien desde el lado cómodo del televisor. Todo me olía a semen y a flujos corporales que acrecentaban la estampa de esperpento y desprestigio. Me convertí durante unos minutos, antes de volverme a dormir, en una máquina de fabricar desprecio. De lejos me llegó el sonido de los pasos de Helga al entrar en su cuarto, luego la meada larga en el inodoro, que no era insonoro. Más rechazo, más infamia fabricada. Cuando tiró de la cadena, yo también parecía tirar de otra cadena y mandar a la alcantarilla aquel malentendido que dibujaba monstruoso. Soy un ser patético, me dije a modo de consuelo, y volví a roncar un rato.

Cuando me desperté aguardé hasta interpretar los ruidos. Tan sólo llegaba la agitación de la calle. Sobre la mesilla, el tarro de crema abierto. Me daba miedo salir al pasillo y encontrarme al dragón que había imaginado. Cruzarme con Helga, conversar. Quizá quisiera besarme o acariciarme la mano. Puede que pretendiera abrazarme o que hiciéramos el amor de nuevo. Pensé en echar a correr y escaparme de la casa, pero no estaba seguro de encontrar la puerta y sería lamentable hacer a Helga correr tras de mí por el pasillo y entre los muebles del salón.

Yo gritaría, como un cobarde en un castillo lleno de fantasmas.

Me asomé desnudo al exterior y pregunté al vacío por ella. ¿Helga?, pero nadie contestó. Abrí la puerta del cuarto y caminé por el corto pasillo sin volverme hacia el dormitorio opuesto. A lo mejor ella dormía. La casa estaba silenciosa salvo por el canto de un canario que luego descubriría en una jaula en la cocina. Desnudo, recorrí el salón y de mi abrigo saqué el teléfono móvil sin estrenar y lo conecté a la red. Lo dejé apoyado en el brazo del sofá. Sobre la mesa de la cocina había una nota. Llámame si necesitas algo, tengo trabajo. Helga había anotado su número de móvil, antes de la firma rápida e indescifrable salvo por la H enorme como andamios de un edificio de letras destruido. Luego había añadido un *Kaffee* con una flecha que iba hacia la cafetera y una taza limpia y dispuesta para mí y otra flecha dibujada en el papel que partía de la palabra *Plätzchen* hacia el platillo donde estaban posadas las galletas.

Regresé hasta la ducha y dejé que el agua corriera sobre mi cara. Aunque el aroma del gel era demasiado intenso para mi gusto lo repartí por el cuerpo para borrar las huellas de la noche. El olor de Helga, más bien el de su perfume discreto, se iba borrando con cada brazada bajo el agua. Me vestí despacio. En los pantalones tintineaban las monedas del bolsillo. Husmeé un rato por la casa mientras me tomaba las galletas. Siempre me detenía a observar esas cafeteras, que suelen ser un ejemplo del triunfo del diseño práctico. La sociedad avanzaba de zancada en zancada, incapaz de resolver los problemas esenciales, ni tan siquiera los básicos, ni los que tenían que ver con el carácter humano y sus carencias, pero sin embargo resolvía batallitas ordinarias de manera higiénica y precisa, con el acabado hermoso de esas cafeteras o exprimidoras de naranjas. Me detuve un instante en cada electrodoméstico. Luego observé los cuadros del salón, que me habían llamado la atención la noche antes. Junto a la lámpara había una postal con la reproducción de la *Madonna* de Munch y me sentí como ese bebé esquinado y monstruoso, un niño Jesús fetal, que mira acomplejado la belleza etérea de la madre.

En las estanterías había varios libros de arte demasiado bien ordenados por el desuso. También novelas leídas con las pastas arqueadas. Casi todo en alemán, salvo unos volúmenes de Goya y Velázquez cuyo lomo acaricié con complicidad patriótica. El gato, Fassbinder, me miraba desde el sofá, con una mueca displicente mientras no peligrara su lugar de reposo. No quise detenerme demasiado en las fotos de quienes debían de ser sus hijos o nietos en esos posados cursis que fomentan los retratos familiares. Había una foto desteñida que mostraba a una mujer en la treintena, con dos niños de apenas diez años, ambos rubios y hermosos. La mujer era Helga con mi edad actual, atractiva, resuelta, con una sonrisa incómoda ante la cámara. No me hubiera importado que aquella fotografía fuera la de mi mujer y mis hijos en otra vida. Puede que fuera la foto en la que ella se reconociera mejor, antes de que el paso del tiempo la hubiera convertido en quien ya no era ella del todo.

Estaba a punto de irme, con el abrigo puesto, y recogí el móvil, que había cargado batería suficiente para encenderse. Volví para recuperar su nota de la cocina. Me parecía de mal gusto abandonar el ofrecimiento de su número y la posibilidad de vernos de nuevo junto a las migas de las galletas integrales de fibra que me habían hecho pasar por el baño con magia intestinal. No quería verla de nuevo, eso me resultaba evidente, pero tampoco dejar rastros de ingratitud. Probé la cámara de fotos del teléfono con una instantánea de la cafetera, repetí la foto tres veces hasta que quedó a mi gusto. En la nevera, sostenida con dos imanes, había una postal de una cala rocosa de mar, con algunas construcciones en la ladera. La arranqué para darle la vuelta, pero no estaba escrita, sólo la letra impresa que señalaba que era una vista del mediterráneo en Mallorca desde una cala sin nombre. Le tomé también una foto. Y regresé al salón para hacer lo mismo con la foto de Helga con quince años. Me pareció un bonito recuerdo.

MALLORCA

Al salir del piso me crucé con un matrimonio mayor que me saludó con desconfianza y una sonrisa gangrenada. Yo les dirigí un gesto educado, pero preferí bajar por la escalera con cierta prisa. Era un segundo piso con escalinata enorme y el portal acristalado. En la calle me sentí liberado y triste. De nuevo Marta se hizo presente porque se acumulaban las llamadas en el móvil y un mensaje de llámame por favor. No quería que se preocupara por mí, así que la llamaría. También había dos mensajes de mi amigo Carlos, por lo que supe que ella le había llamado para saber de mí. Y asomaba otra llamada perdida de mi madre que quizá no tuviera nada que ver con la ruptura. Mi madre me hizo pensar en Helga. Pero no eran un mismo tipo de mujer. Mi madre era mayor. La hacían mayor mis cuatro hermanas, que eran a su vez mayores en la forma de ser. Me sacaba dieciocho años la primera y diez la última, fui en mi infancia un juguete en sus manos, un accidente a destiempo que se crió con cinco madres y un padre que murió bien temprano, dejándome huérfano de hombres a los que imitar o convertir en modelo. Pero deténganse los aprendices de Freud. Yo no podría nunca visualizar a mi madre desnuda y jadeante como había visto a Helga en nuestro goce nocturno. Puede que fuera la tosca negación de todos los hijos, que no se imaginan concebidos en un coito agitado, sino en una conversación de sus padres sentados en el sofá frente a un aburrido programa de tele cualquier tarde de domingo. Helga se me hacía una mujer más sensual, más moderna, con ese aire avanzado de las alemanas frente a la mujer española, que cuando se hace mayor se hace paisaje.

Marta respondió al instante, como si estuviera pegada al móvil. No solía alejarse del teléfono, en una actitud que delata a quienes esperan siempre la llamada que les cambie la vida ¿Estás bien? Sí, sí, estoy bien, aquí en Múnich sigo. No contestabas a mis llamadas, estaba preocupada. Perdona, pero es que me ha pasado de todo, me excusé. ¿Seguro que no estás mal?, Marta sonó alarmada. Por detrás no escuché la guitarra ni la voz del cantante uruguayo. No, no, la tranquilicé. Al final fui a la mesa redonda del congreso y me invitaron a participar, y estuvo bien, la verdad. Por primera vez pensé en la posibilidad de que alguien hubiera grabado con su móvil mi ataque de rabia contra Àlex Ripollés y ahora fuera un vídeo popular en la Red. ¿Dónde te estás quedando? ¿Sigues en el hotel? Me molestó la ansiedad de Marta por seguir fiscalizando mi vida. No, en casa de una amiga, una alemana que he conocido. No sé si te acuerdas de que en la presentación...

¿Helga? ¿La traductora? Me sorprendió la cualidad detectivesca. Entonces inventé a una chica universitaria, jovencita y agradable, que me había ofrecido su casa porque sus padres estaban de viaje, y una historia sin detalles pero que Marta no recibió con los celos que yo esperaba. ¿Cuándo vuelves? La gran habilidad para cambiar de asunto si la corriente se vuelve en contra. Pronto, no sé, esto es muy bonito. Y con ello quería incluir mi relación con la chica alemana. Añadí algo sobre mis ganas de pasar unos días más en la ciudad pero le expliqué que apenas tenía batería en el móvil y que ya hablaríamos a mi vuelta.

Me dejó estúpidamente satisfecho esa conversación suspendida. Luego, cuando caí en la cuenta de que la mentira fabricada en torno a esa nueva amistad tenía más efecto sobre mi autoestima que sobre ella, me sentí abatido. Para Marta sólo importaba, musicalmente feliz en el reencuentro con su amor, que yo no padeciera. A ese deseo de liberarse de culpa se debió el mensaje escrito que me llegó un instante después. Tengo la impresión de haber hecho mucho daño a la persona a la que menos querría herir en mi vida. Debía contestar algo, y así lo hice, pero con prisa y sin delicadeza. Esos mensajes reducidos y urgentes hacían añorar los intercambios epistolares en tiempos de sobres lacrados y mensajeros de librea a la espera de respuesta. Tranquila, son cosas que pasan. ¿A quién quería engañar con esa fingida indiferencia? Pero era urgente poner en orden mis asuntos, cambiarme de ropa, recuperar la maleta y resolver mi vuelo de vuelta. Podía alquilar un coche y conducir de regreso a Madrid deteniéndome en los lugares hermosos de paso. ¿Qué hay entre Múnich y Madrid?, me pregunté con suspense en geografía. Pero no tenía dinero para aquellos placeres pausados, la compra del móvil había terminado con mis recursos.

Lucía el sol y la nieve se derretía con un crujido vivo. No reconocía el barrio ni las calles y me faltaban referencias para ubicarme y regresar hacia el InterContinental o la zona del congreso. Vi detenerse un tranvía, pero era incomprensible para mí el panel con su ruta. Tomar un taxi era un lujo que no podía permitirme y tras caminar por calles residenciales sin demasiado atractivo empecé a considerarme perdido del todo. Un joven me indicó la estación de metro más cercana. Junto al hotel recordaba la parada señalizada, Rosenheimer, y la ubiqué en el mapa junto a la taquilla. En el vagón silencioso y limpio, a media mañana, era un náufrago recién duchado. Un emigrante español más en busca de un futuro prometedor, lejos de las tragedias de su país.

Caminé hasta el hotel y recuperé mi maleta bajo la mirada sospechosa del recepcionista. Mirada que se trocó en una advertencia incómoda cuando me vio intentar abrir la puerta del cuarto de negocios, desde el que quería revisar mis mensajes de correo y quizá navegar hasta dar con un billete barato de avión. Es sólo para clientes, me dijo en un inglés extranjero como el mío, pero perdida su solidaridad a cambio de una chaqueta azul con la chapita con su nombre. Me sentí expulsado del paraíso que representaba el hotel. Mis planes se revelaron catastróficos cuando me vi en la calle, con la maleta de ruedas, con el móvil sin batería y desorientado. Ya ni tan siquiera podía pedirles que me guardaran de nuevo el equipaje durante algunas horas. Casi me atropelló un ciclista cuando invadí el carril reservado, pero me regaló un insulto tan bien dicho en alemán que daban ganas de enmarcarlo.

Fui hasta un locutorio que conocía del día anterior, cuando crucé por delante en mi paseo sin rumbo. Me dieron una cabina y enchufé el móvil a la red para completar la recarga. Luego intenté contestar algún correo electrónico pero sin ningún entusiasmo. Tenía un mensaje de Carlos, escueto, que decía: Marta me ha contado, tenemos que hablar.

¿Cuándo vuelves? Un abrazo. Carlos era mi amigo pero Marta guardaba una enorme confianza con él. En lugar de escribirle marqué su seña de contacto en skype. Estaba en el estudio. Carlos trabajaba en un estudio, bajo el nombre de un conocido arquitecto. En realidad, la empresa era la tapadera de un concejal del ayuntamiento para desviarse fondos de urbanismo y el arquitecto, ya en evidente decadencia, le servía de aliado en su rutina corrupta. Los padres de Carlos estaban muy bien relacionados y cuando él cayó en la misma degradación laboral que yo, tuvo al menos esta propuesta indecente bajo un paraguas de prestigio, que no dejó pasar. Le repugnaba ganar dinero así, pero las opciones más románticas, como la mía, trabajar para el aire, quedaban descartadas, más aún en el momento en que estaban a la espera de adoptar su primer hijo.

¿Qué pasa? ¿Dónde estás?, me preguntó sin dejar de mirar a su alrededor. No le gustaba hablar desde la oficina. Es que tengo aquí al puto niño de mi jefe, me lo han dejado para que le entretenga, y me mostró al niño en el ordenador junto al suyo. Su jefe estaba casado con una jovencísima arquitecta con la que tenía un niño de cuatro años y era algo ridículo ver a ese hombre de setenta embarrancado en las vicisitudes de un amor juvenil y la agotadora crianza del niño, al parecer tan insoportable que cuando lo llevaban por el estudio los empleados eran forzados a distraerlo con jueguecitos de ordenador y a atender sus caprichos como en una guardería improvisada, salvo que la guardería era propiedad del menor. Es de esos hombres mayores que se casan con su viuda, decía Carlos de su jefe. En Múnich, sigo aquí, comencé a explicarle. Ayer le di dos hostias a Àlex Ripollés y lo tiré de la silla durante una mesa redonda. Seguro que ya está colgado en YouTube. ¿Sabías que en alemán Àlex Ripollés se pronuncia Àlex Gilipollez? Pero qué cojones dices, Carlos se mostraba más alarmado que divertido. Oye, aquí no puedo hablar, pero Marta ya me ha contado lo vuestro, que estás jodido. Lo siento, tío. No, no, tranquilo, estoy bien, le interrumpí. Me apetecía quedarme un poco más por aquí. No te castigues, que te conozco, no te culpes de todo, me advirtió.

No, tranquilo, si además anoche follé. Me zumbé a una tía, he dormido en su casa. En realidad más que una tía era una vieja. Mayor. Sí, alemana. Una señora alemanota, pero vive aquí. No veas qué momentazo. Acojonante, me emborraché, claro, y acabé en su casa. Tío, tenías que verme, con ella ahí desnuda, las tetas que le llegaban por el ombligo, la barriguita esa de las señoras mayores. De cagarte. Y allí yo, dándolo todo. En ese momento, por detrás de Carlos apareció la cabecita del niño, que se mostraba interesado, y mucho, en mi relato. ¿Quién dijo que lo único que capta la atención de los niños de hoy son los videojuegos?, y levanté la mano para saludar a la criatura. Cuando Carlos lo apartó seguí mi relato con detalles groseros.

Para, para, para, Beto, ¿de qué cojones me estás hablando? Carlos cortó mi verborrea mientras plantó de nuevo al niño en otro ordenador y volvió para hablarme en susurros. ¿Seguro que estás bien? ¿Por qué no vienes ya? Me calmé y volví a hablarle intentando tranquilizarle con mis palabras. Estoy bien, jodido, pero hecho a la idea. Bonita expresión, hecho a la idea. Modelado por los golpes sería una expresión más precisa para describir lo que somos. Marta ha vuelto con el uruguayo, el cantante, ¿te acuerdas? En realidad tenía que haberlo sospechado. A Marta no le gusta perder a nada, ni siquiera con su pasado, y esto era una cuenta pendiente para ella. ¿Te acuerdas la que te montó una vez que le ganaste al Risk, aquella partida en tu casa en que peleabais por conquistar América del Sur? Fue una agria disputa entre ambos que delató el espíritu competitivo de Marta y la furia oculta ante la derrota. ¿A qué viene eso ahora, Beto? No, bueno, que sólo quiero que sepas que estoy bien y que anoche follé, que es lo que te estaba contando. ¿Con quién follaste?, me preguntó después de asegurarse de que el niño de su jefe no alcanzaba a oírle. Pues con una señora, lo que te decía, con una tía que podría ser tu madre, de verdad, con dos cojones, me tenías que haber visto. Pero bien, eh, o sea un espanto despertarte y ver esa cosa ahí al lado, pero estuvo bien, no sé, ya te contaré, era maja. Era como la tía esa del chiste de Woody Allen cuando se folla a una vieja y dice que tenía ochenta y un años pero se conservaba muy bien, tenías que haberla visto, sólo aparentaba ochenta.

Carlos sonreía, convencido de que me estaba inventando buena parte de la historia pero no toda. Me salvó la noche, le reconocí, porque no tenía donde caerme muerto, pero esta mañana casi vomito, te lo juro. Que le he comido la boca a una señora, tío, que es muy fuerte, que yo mismo alucino. Pero ¿estás con ella?, me preguntó Carlos. Sí, no te jode, y me voy a mudar a vivir con ella, se la voy a presentar a mi madre, que son de la misma edad. A ver, Beto, deja de decir gilipolleces, ¿cómo estás? Seguro que andas paseando por ahí, hundido, hecho mierda, vente a Madrid, anda, te vienes a casa unos días, hasta que os organicéis Marta y tú con el piso. En lugar de apaciguarme, todos sus consejos y su preocupación me resultaban insoportables, prefería mis bromas crueles sobre Helga, mi huida hacia adelante. Tienes que volver a Madrid, insistió Carlos, le digo a Sonia que te vienes a casa unos días y ya está. Carlos y su mujer sonaban siempre afinados, deberían haberme servido de ejemplo cuando Marta y yo empezábamos a interpretar partituras distintas.

Sentí un enorme asco de mí mismo por no haberme anticipado a la ruptura de Marta, por haber sido incapaz de escuchar la música de sus pensamientos antes de que me la viniera a tocar una orquesta ajena en plena cara. Por haber necesitado una conversación de más. Siempre sobra esa conversación de más. Y asco por mi forma de hablar de Helga, intentando quitarme de encima la escena, contándosela a Carlos como un episodio dantesco, cómico. No hablamos mucho más. Después de despedirnos y escuchar a Carlos tratar de convencerme de que lo de Marta se arreglaría tarde o temprano, ya verás como se arregla, volví a sentirme furioso. Tendría que contarle a todo el mundo lo de Marta, hablar con todo el mundo de lo de Marta, poner al corriente a mi madre y a mis hermanas de lo de Marta. Lo de Marta. La decepción de todos, el consuelo vacío de todos. Lo de Marta.

Navegué por la Red para encontrar buenas ofertas de aviones. La más barata salía dos días después. Múnich-Madrid. La letra M repetida me recordó a Marta. Cuando, completadas todas las etapas de la compra, logré llegar al proceso de pago, la página me negó por tres veces el crédito de la tarjeta. Fue un instante bíblico y bancario muy humillante. Hasta tal punto había vaciado mis recursos. Miré al teléfono móvil, rutilante, mi último lujo en un tiempo largo. Busqué hoteles baratos en Múnich pero me aburrí de los consejos de clientes ansiosos por compartir sus experiencias. Anoté algunas direcciones y me llamó la atención que en cada página que abría los anuncios me ofrecían vuelos entre Múnich y Madrid, con ese rasgo de mentalismo que ha adquirido la publicidad en línea. Me sentí espiado y preferí dejar de navegar. Vi que mi móvil había tomado fuerzas para tirar al menos hasta después de comer. Empezaba a asfixiarme ese aroma de locutorio forrado en madera barata.

Pero no pude resistirme a rastrear al cantante uruguayo en la Red. Las últimas novedades, alguna entrevista. Su página de promoción ofrecía fragmentos del nuevo disco. Su cara en la portada y el título del álbum, que resultó una pista demoledora. *Vuelve la primavera.* Desde mi invierno no podía más que sentirme expulsado de esa primavera que era Marta. Lo que para él era regreso, para mí era pérdida. Fui brincando por los treinta segundos de escucha que permitían por canción. Amores recuperados, errores del pasado, lamentos sentimentales, festejos románticos. Había una balada titulada «Nunca te has ido», de la que pude escuchar sólo la estrofa inicial. Pero en YouTube estaba colgada la canción completa, porque era el vídeo de lanzamiento. La escuché cuatro veces completa, convencido de que sólo podía estar dedicada a Marta. Demasiadas claves coincidentes. Era una idea absurda, porque seguramente la canción llevaba meses escrita, desde antes de su renovada relación. Pero el dolor genera paranoias irracionales. Tenía los auriculares puestos, pero me di cuenta de que estaba hablando por encima de la

90

canción, dando gritos. Cabrón, ya te vale, hijodepu-
ta, mediocre, liante, hortera. El encargado del locutorio tocó mi puerta para pedirme que bajara la voz,
estaba molestando, seguro, a una madre que hablaba
con una hija lejana o a un joven que tranquilizaba a
un pariente que no veía desde hacía años. ¿Merecía
mi problema menor causar tanto estruendo?

Preferí salir de allí. Me puse a llorar en la calle
y las lágrimas se helaban en mi cara. De pronto
sentí que no tenía a nadie. Ni amor, ni familia, ni
amigos, nada existía de verdad ya en mí. Nadie,
porque nadie, por más que te rodee la gente, puede
llegar dentro de ti. Un viento afilado provenía del
río y terminaba en mis lagrimales. La mano que
sostenía la maleta cristalizó y se apoderó de mí una
terca lástima trascendental. Un clavo doloroso que
penetró hasta lo más íntimo. Por vez primera pensé
en morir. No era mala solución. Fin de todos los
problemas. Y me ahorraba el avión de vuelta y la
noche sin hotel. Morir, definitivamente, no ofrecía
más que ventajas. ¿Alguna objeción?

Pero no me tiré desde el puente al río ni me
lancé a las ruedas del tranvía, sino que permití que
la inercia me arrastrara por la avenida. Mis movi-
mientos estaban limitados por la maleta, que no era
pesada pero sí incómoda, y no quería arrastrarla por
el suelo con sus ruedines porque provocaba un ruido escandaloso sobre el empedrado. Un ruido que
atraería miradas de pena hacia mí. La pena del des-

pojado. Cambiaba la maleta de mano a mano. Me senté un rato a tomar aliento en un parque situado entre las manzanas de edificios, en el cruce de las calles Dienestrasse y Schrammerstrasse. Lo supe porque empleé un rato en deletrear los carteles. Las sillas de aluminio estaban encadenadas unas a otras por un cable de acero, probablemente para que no las robara ningún español. Tomé una foto de la maleta sobre la hierba. Luego hice lo mismo con la vista de las fachadas desde allí. Guardar las fotos conformaba un mapa en el que no encontrarme tan perdido.

Me gustan los jardines, y me gusta llamarlos jardines y no espacios verdes, y me gustan porque son una invención del hombre aliada con la naturaleza. Un pacto entre el territorio y su poblador, frente a la guerra habitual que mantienen por dominarse el uno al otro. Los jardines nos desvelan de cuajo la otra dimensión del hombre. La de la pasión por lo inútil, por lo estético. El tutor de mi tesis sostenía que Dios fue el primer paisajista de la historia y que con los jardines tratamos de rescatar la memoria perdida del Edén. En cada maceta aspiramos a recuperar la utopía perdida, el sueño arruinado por aquel castigo tan original.

Cuando arrastré a Marta al jardín botánico de Madrid le mostré el banco donde me sentaba a menudo a dibujar. Me aficioné a copiar del natural flores y plantas. Ella nunca había estado allí, pese a haber nacido en Madrid. Quería besarla en aquel

92

lugar y que fuera la primera vez. A veces volvíamos a pasear, pese a que el ayuntamiento cobraba una entrada por acceder, y yo la hacía reír con mi teoría sobre las personas, que en realidad no somos otra cosa que plantas y que nos hemos inventado esa fantasía del viaje para creernos libres, pero estamos aferrados a la tierra por un tallo y unas raíces invisibles. Las flores tristes se doblan sobre sí mismas, como hacía yo aquella mañana.

La noche anterior apenas había sabido explicarle mi trabajo a Helga. Ella colaboraba con el congreso de paisajismo desde hacía varios años, también era voluntaria en el festival de cine y en el de ópera. Conoces a gente de talento, me gusta estar cerca de ellos, se justificó Helga. Me había contado que en su vida laboral antes de prejubilarse no había pasado de ser administrativa en una empresa importadora de alimentos y tampoco compartió la ocasional excitación del trabajo de su marido. La frustración se había renovado con sus hijos, que desempeñaban trabajos rutinarios en empresas internacionales. Siempre me gustó tener un trabajo inservible, le había explicado yo. Un trabajo que ofrece a la sociedad algo que ésta ni tan siquiera ve. ¿Me convertía eso de nuevo en un mimo? Cuando había estallado la crisis financiera en España, le expliqué, los presupuestos de los ayuntamientos y autoridades se cerraron para cualquiera de nuestras propuestas, en la medida perfecta de nuestra inutilidad, de nuestra falta de esencialidad. Los jardines ya existentes había que mantenerlos como un gasto superfluo del que no podían prescindir, pero reducían el número de cuidadores, jibarizaron los recursos posibles. Eran otras las privaciones fundamentales. Y aunque de vez en cuando se caía un árbol o una rama desprendida en El Retiro mataba del golpe a un paseante frente a sus hijas pequeñas, estos hechos provocaban una indignación retórica, pero sin eco ni relación con el oficio.

En el bolsillo del abrigo seguía guardando la acreditación del congreso y recordé que en una zona se ofrecían bebidas gratis y algo de picar para los visitantes. No quedaba lejos y llegué decidido a arrastrar mi maleta por sus alfombras. Había muchos proyectos que ahora tendría tiempo de estudiar. Una azafata se ofreció a guardarme la maleta y me sentí ligero y liberado cuando la llevó tras una puerta. Mientras comía nueces y patatas fritas con una cerveza en la mano, le escribí un mensaje a una de mis hermanas para avisarle de que me quedaba algunos días más en Múnich. Es posible que minusvalorara la capacidad de mi familia para acogerme, para salvarme, para servirme de refugio. Pero prefería aplazar el momento de sincerarme con mis hermanas sobre lo de Marta y que posaran esas miradas de censura tutorial sobre mí. Como todo lo que tienes sin haberlo conquistado te resulta prescindible, así el amor familiar, que se abre para ti

94

como un paracaídas, no entra nunca en tus planes más urgentes de salvamento, aunque frena el derrumbe con su fortaleza de viga maestra.

Era el último día del congreso y en el auditorio principal estaba anunciada una conferencia de clausura. Cuando planificamos el viaje lo único que me dolía era no poder quedarme a la charla de Tetsuo Nashimira, uno de los grandes paisajistas japoneses, pero nuestros días de estancia estaban limitados. Aguardé mirando maquetas y catálogos hasta que llegara la hora del comienzo de la charla. Comprendía sin demasiado esfuerzo que había nacido en el país equivocado, un lugar donde se ignora a los paisajistas porque lo mejor de nuestra disciplina se había compuesto a solas, la belleza de sus paisajes era un regalo no peleado. Muchas veces con Marta, con Carlos, con amigos y colaboradores, habíamos hablado con desconsideración de España. Irse, hay que irse, decía alguno, cómo vamos a sobrevivir aquí, en el paraíso de los enladrilladores. Y sin embargo el clima, las costumbres, cierta anarquía, el desprecio mutuo entre gobernantes y gobernados generaba adicción. No, no nos moverían nunca de allí, quizá el tallo agarrado al suelo no nos lo permitía. Éramos otros más de esa larga lista de españoles a pesar de España. O puede que la familiaridad, la fuerza de la costumbre nos ganara definitivamente, la puntualidad del sol, el jaleo de la calle.

Pedí unos auriculares para seguir la conferencia

en inglés y a cambio dejé mi carnet de identidad a unas azafatas. El público llegó a la conferencia con un goteo constante que se aceleró en los últimos minutos. Yo me había colocado en un lugar discreto, temeroso de que alguien me expulsara por mal comportamiento. El paisajista violento y rencoroso de la tarde anterior. Àlex Ripollés entró rodeado por dos o tres colegas extranjeros, ya había hecho amigos, y fue a sentarse en las filas delanteras, con la estúpida acreditación colgada del cuello. Bajé la cabeza y celebré que no me viera. En condiciones de igualdad me vencería a golpes. La tarde anterior me había aprovechado del efecto sorpresa, ahora hasta intuía ratos de gimnasio bajo su camisa. Sospeché que Helga también estaba en la sala cuando noté contra mi nuca el aliento de la culpa. No quise buscarla con la mirada para no encontrarla, pero durante las tediosas presentaciones del acto sentí que ella también me había localizado aunque guardaba una distancia de protección.

La conferencia de Nashimira se centró en explicar con detalle su último proyecto, un jardín interior ubicado en un centro para ancianos con Alzheimer de Osaka. ¿Cómo hacer un jardín para quien lo ha olvidado todo y se muestra insensible a las emociones?, se preguntaba en voz alta, si los jardines son emocionantes porque te traen recuerdos, sensibilidad, antiguas sensaciones. Habló del Alzheimer como de una enfermedad misteriosa que te roba la inversión de una vida sin robarte la vida misma. Nos reduce, dijo, a la botella vacía de nosotros mismos. El jardín que había planeado era una maravilla donde confluían las cuatro estaciones. Se abría al cielo, acristalado, y era un espacio colorido, lleno de flores y plantas, con la humedad de un pequeño arroyo cruzado por un puente diminuto.

Mirando las imágenes proyectadas tuve ganas de volver a trabajar, a dibujar. Aquel anciano creador seguía inventando delicias que presentaba con modestia. Lo descubrí en la universidad, junto a otros maestros que terminaron por inclinarme hacia esa especialidad. Había seguido conferencias suyas grabadas, pero escucharle ahora en persona lo convertía en más expresivo y preciso. La belleza se resume en apreciación, concluyó. El paso del tiempo es la expresión perfecta de la fugacidad y es precisamente ese discurrir el que dota a cada etapa vital de significado. El sentido de la vida es vivir siguiendo el sentido de la vida. Respiré aliviado al no sentirme decepcionado por aquel hombre.

En la parte final de la conferencia respondió con generosidad a las tres o cuatro preguntas del público. Alguien le preguntó cuáles eran los jardines más hermosos del mundo según su opinión y dudó un instante largo. La Gran Barrera de Coral, dijo. Me gustaría felicitar al arquitecto paisajista que la diseñó, dijo con una enorme sonrisa. El director del congreso inició los aplausos generales y luego pidió silencio para leer la lista con los premiados del concurso. Durante un segundo sucumbí a la ambición de ganar. Era probable que mi nombre hubiera sido proscrito tras el comportamiento en la mesa redonda.

No sólo no gané ni recibí una mención honorífica, sino que en la sección de Perspectivas de Futuro, *Zukunftsperspektiven,* el gran premio fue para Àlex Ripollés y su Parque Chernóbil en Barcelona. Aplaudí junto a los demás y escuché sus palabras de agradecimiento en un perfecto inglés. Terminó con una sentencia que me resultó grandilocuente: La memoria es nuestra única resistencia al pasado. Me noté observado, puede que algunos temieran de mí otro acto del *hooligan* de jardinería en que me había convertido. Cuando la ceremonia concluyó tras la entrega de galardones, los premiados se reunieron sobre el escenario y se fotografiaron juntos con Nashimira. Àlex Ripollés le pasó el brazo por encima de los hombros y sonrieron ambos para la foto. Sentí celos. Yo me volví hacia Helga y consideré acercarme a saludar. Estaba rodeada por varias mujeres de su edad, que a su lado parecían ancianas. Al final ganó tu amigo, dijo ella. Sí, Àlex Gilipollez, respondí. Gracias por el desayuno, añadí después, pero en realidad le quería agradecer el detalle de habernos evitado al despertar. Las mañanas son siempre difíciles, dijo ella. Yo sonreí y asentí con la cabeza. ¿Qué te ha parecido este hombre? Yo no lo conocía, pero me han dicho que es un genio. Sí, respondí, es uno de mis ídolos. En realidad suelo dedicarme a copiar todo lo que hace.

¿Has arreglado lo de tu billete? Cuando le dije que no, se empeñó en acompañarme hasta la oficina de la organización. Estaba en la zona privada del pabellón, al fondo. Llamó a la puerta entreabierta de un despacho y habló a una chica en alemán. Ella escuchaba y levantó los ojos hacia mí con una sonrisa caritativa. Hubo algún asentimiento entre ellas, alguna otra mirada hacia mí, protagonista pasivo de su conversación. Helga me pidió que le diera mi nombre completo. Y me sentí algo ridículo al repetir mis dos apellidos, como si respondiera a una profesora.

Me parece que vas a tener suerte, ahora te cuento. Me despidió con un gesto. Volví hacia la zona principal, por donde pululaban los invitados. Había gente que intercambiaba tarjetas de negocios, abrazos, algún apretón de manos. Gente joven con botellitas de agua en la mano y las acreditaciones exhibidas como medallas olímpicas en sus cuellos. Si Àlex Ripollés me vio disimuló muy bien para ignorarme. Me detuve un segundo al lado del profesor Nashimira, que estudiaba algunas de las maquetas de la exposición central. Soy un gran admirador suyo, le dije en inglés. Es usted un maestro. Me devolvió un saludo casi reverencial. No maestro, me dijo, soy viejo. Sólo soy viejo. Y se sacudió toda mi admiración de encima. Luego lo alejaron de mí algunos de sus acompañantes.

Miré el título y las especificaciones de la maqueta, que era su proyecto de jardín interior. Al acercarme le había visto resituar un fragmento de la moqueta de hierba, retocar tres detalles de la presentación. Se titulaba Jardín de la Soledad. *Garten der Einsamkeit.* Y al tratar de pronunciarlo volvieron las palabras en alemán que Helga me había enseñado la noche anterior, volvieron con una leve excitación. Aquí tienes, me susurró Helga un instante después, apareciendo de la nada. Llevaba en la mano un papel adhesivo de notas, de un color espantoso entre el lila y el naranja, donde estaba escrito el horario y el localizador para el billete. Tienes vuelo mañana a las diez de la mañana. Luego, casi en broma, me pegó el adhesivo al dorso de la mano y yo lo miré sin reacción. ¿Aún tienes la maleta en el hotel? No, y le expliqué dónde la había dejado, a la entrada del pabellón. Entonces reparé en las letras del localizador, M4RTA, y después de un instante doblé el papel adhesivo y lo guardé en el bolsillo de atrás del pantalón. Caminamos hacia la entrada, deprisa y puede que ella, como yo, también se avergonzara de andar junto a mí y que alguien, incluso nosotros, percibiera lo que había sucedido la noche anterior. También ella tenía derecho a estar avergonzada, por distintas razones a las mías, pero idénticas en esencia. Llevaba una falda por debajo de la rodilla y un jersey que le cubría gran parte del trasero, el cabello recogido y los zapatos con un leve tacón que le ayudaba a caminar propulsada hacia adelante. Me detuve para que no se sintiera obligada a acompañarme más allá y le señalé el lugar donde había dejado la maleta. Tenía ganas de irme y no quería pensar lo que me esperaba fuera, el frío, otro día perdido en la ciudad, aguardar hasta el avión del día siguiente y entonces aterrizar en Madrid sin hogar, sin techo, sin abrigo, con el desamparo de los apátridas.

El puesto de información estaba desierto, seguro que las chicas se habían unido a la celebración final. Esperé. La odiosa melodía del hilo musical cumplía su objetivo de encubrir el silencio suspendido entre Helga y yo. Le quitaba al momento su hiriente vacío. ¿Escuchas la música?, le pregunté. Es horrible, ¿verdad? Asentí. Es lo que hablábamos ayer de las sonrisas, los rostros perfectos, los cuerpos moldeados. Helga no dijo nada, pero entendió que me refería a cierta conversación de la noche anterior sobre esas ofertas amables llenas de gestos y miradas agradables, familias agradables, entornos agradables, un masaje grato que impedía mirarnos a nosotros mismos y reconocernos entre tanta perfección. Lugares plastificados y adornados, deslizantes nunca ásperos, con su música romántica y melódica de avión a punto de aterrizar, vacíos llenos de una propuesta artificial con cielos siempre azules. Soledades sepultadas, sin el peligro de que te reflejen al igual que un espejo refleja lo que eres, lo que te falta, lo que has perdido, lo que se fue, lo que nunca llegó. Silencios pavorosos que alguien se encarga de rellenar por nosotros, como quien silba para espantar el pensamiento. La realidad reducida a lo asequible como una pantera reducida a gato doméstico.

Helga se había puesto el abrigo. Se envolvió el cuello en una bufanda de hilo delicada. Creo que no te he dado las gracias por la cena de anoche, me atreví a decir. ¿Sólo por la cena?, bromeó ella. Por fin llegó la azafata y al verme corrió sobre sus tacones con un pizpireto punteo musical y abrió la puerta para devolverme el equipaje. Bueno, dije sin terminar la frase, y Helga sonrió de nuevo. ¿Te ha dado tiempo a conocer la ciudad un poco? No mucho, nunca viajo con guías de turismo, así que al final veo sólo lo que me cruzo. ¿Quieres un tour rápido?, me propuso. Tuve el impulso de negarme, más por corrección que porque interrumpiera algún otro plan. He traído el coche, explicó ella.

Desde el volante Helga me señalaba algunos puntos de la ciudad. Un puente sobre el Isar, el jardín inglés, y me anunció que veríamos al pasar la isleta que más le gustaba. Me habló del diseño del XIX que había ordenado la ciudad y la reconstrucción tras la guerra. Me señaló los torreones de la Catedral de Nuestra Señora, visibles desde muchos puntos de la ciudad porque la normativa impedía construir nada más alto. Lo contrario que las cuatro torres de Madrid, que habían cambiado el perfil de mi ciudad para siempre y brillaban como el mástil de la bandera invisible de la corrupción. También mi marido tuvo que untar a cierta gente en Mallorca para levantar nuestra casa, me dijo a modo de consuelo. Luego miramos la Isartor, la puerta medieval, la Haus der Kunst con sus pilares de piedra maciza con solidez de permanencia, la torre BMW, la estación y esa constante concatenación de viejas construcciones y nuevos edificios añadidos. Me contó anécdotas de los bávaros y algunas variantes de su dialecto. A Múnich lo llaman Minga, que es algo que le resultó muy chistoso a Àlex Ripollés cuando se lo conté.

Luego regresamos hacia el centro y dejó el coche en un enorme aparcamiento. Tras su paso enérgico, recorrimos el camino hasta la Marienplatz y a cada instante me señalaba algún edificio emblemático con un resumen rápido de su arquitectura o su historia. Algunos edificios clásicos habían crecido con estructuras modernas y acristaladas, en una combinación de tiempos. Lo viejo nos parece más hermoso sencillamente porque lleva más tiempo ahí, pensé. Me confesó que se había preparado la gira por la ciudad para sus invitados en los congresos y que sus colaboraciones de voluntaria casi siempre incluían un paseo. Es agradable descubrir de nuevo tu ciudad con los ojos de los visitantes, me dijo. En la fachada de un edificio cercano se anunciaba una exposición de Otto Dix. Me encanta Otto Dix, dije. ¿Quieres entrar?

La exposición era breve, apenas una veintena de cuadros y una antesala con dibujos dramáticos del periodo de entreguerras, bocetos que señalaron la senda del Guernica. Luego los óleos presentaban rostros enigmáticos y algunas cumbres de su pintura, con presencias femeninas temerosas, imperfectas, gastadas y frágiles. La mujer desnuda pelirroja que protege su vientre y su pecho con los brazos resguardando unos grandes senos caídos y yertos, la embarazada algo grotesca que oculta su rostro con la cabeza girada contra el espectador, la famosa pintura de otra pelirroja extremadamente delgada con la nariz y los ojos descollantes, la niñita desnuda con el lazo rojo en el pelo y su piel transparentando las venas delicadas, mujeres mayores y desmadejadas, en la más elaborada expresión de lo que los nazis consideraron *Entartete Kunst* o Arte Degenerado. Pero lo degenerado era su mirada, no la pintura, su rechazo a la fiereza de lo real en el sueño de alcanzar la pureza y la perfección.

Son desagradables, dijo Helga. No lo sé, repuse, no estoy tan seguro. La impresión de las pinturas era tan fuerte que hasta el rostro del bedel de la salida, que nos despidió con un gesto, parecía ahora pintado por Dix. Entramos a tomar un té en una cafetería acristalada, muy cerca de la iglesia de San Miguel, que me obligó a visitar por dentro pese a

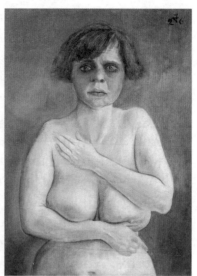

mi gesto perezoso. Todas las iglesias son iguales, me atreví a decir. Oh, vamos, entonces según tú todos los culos son iguales. Ahí me has convencido.

Como sucede siempre, el recorrido por la ciudad fue un recorrido por nosotros. De tanto en tanto ella decía aquí arreglé los papeles del divorcio o en este barrio vive ahora uno de mis hijos o en aquella empresa trabaja un amigo. Yo señalaba algo llamativo, un edificio, un reloj, y ampliaba sin pretenderlo la información sobre mí mismo con descripciones de mi trabajo, de mi convivencia con Marta. Hablábamos de edificios y hablábamos de nosotros. Nombrábamos un barrio y nombrábamos algo íntimo. Señalábamos algo afuera y estábamos señalando algo adentro.

Fue un rato agradable y locuaz. En la parada del té fue cuando más silenciosos estuvimos. Lo estático nos coartó de nuevo. Nos obligaba a una intimidad que acaso nos perturbaba. Hubo un instante en que ella se reclinó para colocarse el zapato y apoyó la mano sobre mi rodilla. Fui yo quien reaccionó con cierto apuro, pero cuando comprendí que el gesto no delataba ninguna intención oculta me sentí ridículo.

Sucedió entonces algo inesperado. Se abrió la puerta del local y noté la tensión en el rostro de Helga. Dos hombres corpulentos con sus parejas entraron en plena conversación. Uno de ellos, rubio y fornido, sonreía, pero al ver a Helga cambió el gesto y se acercó hacia nosotros. Helga se puso de pie y hablaron un instante tras darse dos besos. Una de las mujeres también se acercó y repitieron las sonrisas y los besos anteriores. Helga se volvió hacia mí. Éste es Beto, es español y luego añadió algo en alemán referido al congreso. El hombre resultó ser el hijo de Helga y ella su esposa. Los saludé puesto en pie y noté una presión excesiva del hijo al aferrar mi mano. Quizá natural dada su envergadura, resultaba imponente, mirándome desde un piso superior, y mis dedos entre los suyos crujían como vainas de cacahuete al abrirse. Me dieron ganas de deshacerme en explicaciones, pero me contuve. La mujer, que sonreía amable y divertida con la situación, dijo algo parecido a ah, español, y me tendió una mano fría de dedos largos.

Ellos fueron a sentarse con sus amigos al otro extremo del salón. Helga y yo permanecimos mustios frente a nuestras tazas de té con miedo a que cualquier actitud que adoptáramos acabara malinterpretada en la distancia. Helga agitó la cabeza y mostró un gesto de cómica tensión. Bueno, ya has conocido a mi hijo. Sí, está muy crecidito, bromeé. Casi me tritura la mano. ¿En serio? Si es un pedazo de pan, se excusó Helga. Más que un pedazo de pan es un pedazo de hierro. Sí, en la universidad era un atleta. Eso me temo, ironicé. ¿Qué disciplina practicaba, lanzamiento de españolito? O tiene el récord de huesos rotos en apretón de manos. Cuando me ha dado la mano, ¿no has oído cómo me crujían los nudillos? Traté de coger la taza de té, pero fingiendo que mi mano derecha estaba inutilizada después del apretón. Helga se reía a carcajadas con mi espiral de bromas y mis gestos casi de dibujos animados en los que trataba de enderezar la mano muerta sin éxito. De hecho, creo que me vendría bien si me puedes acercar al hospital. No hace falta que me expliques la arquitectura ni nada, basta con que me lleves a urgencias y me hagan una radiografía de la mano. Puede que tenga varios huesos rotos.

Desde lejos, el hijo miró alertado por la carcajada de su madre. Nuestros ojos coincidieron un instante y él sonrió como le sonríe uno al cirujano. ¿Crees que mi vida corre peligro?, le pregunté. Suerte que sólo me ha dado la mano, si me llega a dar un abrazo, ahora tendrías que empujar mi silla de ruedas. Helga se tapó la boca con una mano para reír a placer y al verme agitar la mano dolorida y soplarla como alivio soltó un borbotón de aire. Sacó un pañuelo del bolsillo y se sonó la nariz sin dejar de reír. Yo no paraba de hacer bromas ridículas, porque me gustaba verla así, bajo el ataque de risa incontenible. La situación contribuyó a relajarnos y dejar que una corriente de simpatía similar a la de la noche anterior renaciera entre nosotros. Había algo libre en aquellas risotadas de Helga. Su hijo se acercó de nuevo y habló con la madre tendiéndole dos entradas que había sacado del bolsillo.

Helga se volvió hacia mí para preguntarme. Dice que tiene dos entradas para el partido de fútbol y que él no podrá ir. Es en una hora. ¿Te apetece ir? Helga y su hijo esperaban mi respuesta. Bueno, no me gusta demasiado el fútbol, me excusé. Pero a lo mejor te gusta ver el estadio, en el coche cuando veníamos del aeropuerto te oí hablar de su arquitectura. Ah, bueno, dije sin mucho entusiasmo. Claro, y el hijo le tendió las dos pequeñas entradas y luego sacó del bolsillo de su abrigo una bufanda del Bayern de Múnich y me la puso al cuello. Creí que iba a estrangularme. Regalo, dijo en español. *Danke,* le respondí yo.

Se estaba haciendo de noche y caminamos hacia el aparcamiento para recuperar el coche. Yo llevaba la bufanda al cuello y Helga me invitó a asomarme dentro del edificio del Instituto Max Planck para que viera las largas escaleras. Al salir me tomó del brazo mientras caminábamos. Helga me preguntó por el hotel donde dormiría. Le confesé la verdad, que no tenía hotel. No eres un chico muy práctico, me temo. Asentí con su valoración. Siempre dejo que se resuelva todo en el último minuto. O que lo resuelvan los demás, apuntó ella. ¿Quieres dormir en mi casa? Pero hoy sin vodka, añadió. Ayer nos terminamos la botella.

Al atravesar las filas del aparcamiento aún llevaba el brazo posado sobre mí y una chica rubia que esperaba a alguien mientras consultaba su móvil nos miró con intensidad apoyada en un coche cercano. Sentí entonces una sacudida de pudor y de una manera irreflexiva me aparté de Helga, me desasí de su brazo. La chica era hermosa y nos ignoró para devolver la atención a su móvil. Pero mi gesto no pasó desapercibido para Helga, que se sintió repudiada.

Claro, dijo un segundo después, no vaya a pensar la muchacha que hay algo entre nosotros, que estás saliendo con una vieja. No lo dijo a modo de reproche, sino como un diagnóstico acertado de mi reacción. No, no, no era eso, me excusé, pero caminamos hacia el coche en un silencio herido. Yo mismo no podía entender cómo se producía esa concatenación de atracción hacia ella, al menos de consentimiento para terminar de nuevo esa noche en su casa, y al tiempo ese pudor al qué dirán, al qué pensarán los demás, esa vergüenza indómita despertándose dentro de mí.

En el coche, después de arrancar el motor, Helga se volvió hacia mí. Mira, si de verdad crees que yo estoy intentando tener una relación contigo estás equivocado. Para mí esto es ridículo, yo no tengo ninguna pretensión sobre ti ni soy tan idiota como para creer que tú y yo podemos tener una relación, yo soy la primera que me miro al espejo y sé cómo soy y la edad que tengo. Que yo ya sé que no te voy a consolar de la ruptura con tu chica tan preciosa, que yo ya estoy de vuelta de todo esto. Y ade-

110

más me alegro, no creas que te lo digo con pena. De eso que me he librado, de lo contrario uno sufre mucho y yo ya he sufrido bastante. ¿Me entiendes? ¿Entiendes lo que quiero decir? Yo ya estoy en otra etapa de mi vida, no quiero complicarme, me he acostumbrado demasiado bien a estar sola, a hacer lo que me gusta, cuando quiero, como quiero, ya no aspiro a que invadan mi vida ni los sentimientos ni las personas que llevan adosados.

Había algo de rabia contenida en su discurso en un inglés trabado, aunque no fuera una rabia dirigida contra mí. Entiendo perfectamente, le dije. Pero había también un desafío en sus palabras, en esa indiferencia, en ese situarse al margen de las disputas del corazón y la atracción. Helga metió la marcha atrás con una agresividad masculina. Escondí mi ánimo y no dije mucho más mientras ella conducía. Ninguno de los dos quería terminar de aterrizar sobre el malentendido y clausurar nuestra relación como quien clausura un congreso de soledades. Lo que había pasado la noche anterior quedaba en la antología de momentos chocantes. O como dijo ella cuando paramos en el primer semáforo en rojo, lo que pasó anoche, la verdad, supongo que lo podrás guardar en el museo de los horrores de tu vida.

No fue ningún horror, pensé. Quizá un error o un terror, daba igual. A esas alturas ni tan siquiera sabía el lugar donde quedaría en mi memoria y tampoco importaba demasiado, las cosas que pasan encuentran el acomodo al capricho con que la memoria es moldeada por su dueño. Llegamos a las cercanías del Allianz Arena, que de cerca era una urna con forma de pastel, cuyo envoltorio de rombos se iluminaba con los colores del equipo local. El partido estaba empezado cuando nos sentamos y el ambiente en los graderíos sirvió para que Helga y yo habláramos de arquitectura más que de fútbol. Le conté que el material con que estaba forrado el estadio era copolímero de etileno-tetrafluoretileno. Pese a lo risible de mi precisión, ella pareció impresionada. En la época de facultad tuve un profesor obsesionado por las obras de Herzog y de Meuron, incluso me propuso que el trabajo de fin de carrera fuera sobre alguno de sus edificios, le expliqué. Pero acabé eligiendo como tema la desaparición de los bancos para sentarse en las plazas públicas de Madrid como modo de desplazar a los mendigos hacia zonas menos llamativas. Ya sabes, arquitectura comprometida y todo eso, le expliqué elevando la voz sobre el griterío, mientras ella asentía y acercaba su oído a mi boca.

Seguimos el juego con cierta indiferencia y poco a poco recuperamos la confianza perdida. En el gol de la victoria de los locales, contagiado por la euforia de los demás, me precipité a abrazar a Helga y celebrarlo igual que el resto de fanáticos. Siempre eché de menos participar en las comuniones colectivas. El infortunio de los individualistas es jamás sentirte incluido en la palabra todos, en la expresión gente. Y de pronto, sin saber muy bien por qué, la besé en los labios. Fue un beso largo y generoso, algo que le debía y que aceptó divertida y ruborizada por la mirada de sus compatriotas alrededor.

En su barrio encontró un espacio donde aparcar. La nieve había casi desaparecido de las aceras y quedaban algunas acumulaciones en las zonas sombrías o en los recodos. La última vez que nevó en Madrid, Marta y yo habíamos salido a hacer fotos de la Cibeles, la estación de Atocha o la explanada del Reina Sofía. Recuerdos que también ahora trasteaban en mi memoria mientras su huella se derretía en agua. Ya no habría más nevadas como aquélla, dispuesta para nosotros dos.

No tengo mucho que ofrecerte, pero puedo hacer pasta, propuso Helga cuando nos deshicimos de los abrigos. Dejé la maleta junto a la entrada del piso. El gato salió a recibirnos tras abandonar su trono del salón. Se frotó contra mi pierna y Helga le acarició la cara oculta del cuello. La seguí hasta la cocina, donde empezó a abrir armarios y a revolver entre los frascos de cristal ordenados.

¿Te gusta cocinar? No cocino nunca, le respondí. Podemos hacer una salsa al pesto, si te gusta. Es comida de niños, se lo hacía a mis hijos y ahora se lo hago a mis nietos, dijo mientras sacaba la batidora de un cajón. Los muebles de cocina eran color crema con tiradores plateados y a veces al abrir su panza mostraban una disposición práctica de las cacerolas y utensilios. Tengo un nieto al que le gusta cocinar y preparamos juntos una tarta de manzana cuando me lo dejan a dormir aquí. ¿Es hijo del Rompehuesos?, pregunté. No, de mi hija, se llama Andreas. ¿Te gusta la tarta de manzana? Sí, claro. Si quieres preparo dos raciones, no me cuesta nada. Puso agua a hervir y luego sacó los huevos y la harina de la estantería. Helga manejaba la batidora y los fogones al tiempo. Con esa plasticidad que adoptan los que saben moverse en la cocina. Pela dos manzanas, me dijo. Y yo me puse a pelar dos manzanas verdes y hermosas. Luego ella me indicó cómo trazar las finas rodajas para la tartaleta. Sacó dos moldes de aluminio y colocó el rollo de hojaldre junto a las pasas. Exprimió el zumo de un limón y doró las manzanas cortadas en mantequilla, mientras añadía el limón y algo de azúcar, y después las pasas, un poco de nuez picada y la canela. Recordé que la canela era un afrodisíaco conocido, pero no dije nada. Manché un dedo en los restos del azúcar en polvo. Lo lamí con gusto. Mi nieto también lo hace, me indicó ella.

Metió las tartaletas en el horno y se agachó para programarlo. Su culo quedó delante de mí, ofertado a través de la falda, y pensé que acabaríamos haciendo el amor entre los restos de harina, como en las películas donde nadie recoge los desór-

114

denes que deja tras de sí la pasión. La ceremonia de cocinar para otro es siempre un rito erótico y de seducción. Duró algo más de media hora y luego le ayudé a preparar la mesa del salón. ¿Quieres poner música?, me preguntó mientras señalaba el estante de los cedés. No tengo ganas de música, dije, y le conté mi escena en el locutorio, con la canción del cantautor uruguayo. *Vuelve el amor,* así se llama su nuevo disco, le informé. No, no, *Vuelve la primavera.* Supongo que ahora el estúpido romántico es él y yo tengo que convertirme en el descreído. Así funciona el baile. Helga balanceó la cabeza, como si yo fuera alguien sin remedio.

En el momento en que mordí la tarta de manzana deseé acostarme de nuevo con Helga. Me ofreció algo de helado por encima pero lo rechacé. La tarta aún estaba caliente. Deberíamos dejar que se enfriara, recomendó, pero la gula siempre tiene prisa. Habíamos hablado durante la cena de mis planes de futuro, de cómo organizaría la salida del piso y la búsqueda de uno nuevo. Pensaba renunciar también a seguir con el trabajo y buscar algo que me diera los ingresos suficientes para vivir. Había llegado el momento de dejar de engañarse y cerrar la empresa. Ella se entristeció al oírme decir que renunciaría al paisajismo. Sí, es complicado ganarse la vida de *Landschaftsarchitekt,* bromeé. Confesé que no tenía el talento de Nashimura ni España es zen, le dije, es un caos.

Te confieso que siempre he odiado esos jardincitos de arena y piedritas a la japonesa que la gente se pone encima de la mesa de trabajo, me explicó Helga. Mi marido tenía uno de esos en la oficina para relajarse y cuando estaba nervioso solía coger el rastrillito y juguetear con él mientras hablaba por teléfono y yo esperaba para salir a comer juntos, en la época en que iba a buscarlo al trabajo. Lo habría tirado todo de un manotazo. A veces pienso que a lo que me gustaría dedicarme es al diseño industrial, que me equivoqué de carrera, le confesé. Me parece que contribuyes más al paisaje haciendo ceniceros o cafeteras. Que el paisaje ya no es tanto inventar un jardín o un desarrollo urbano sino diseñar el ordenador o el televisor de la gente o el sofá, que es frente a lo que pasan la vida entera.

¿Pero no te molesta que sea todo tan perfecto?, me preguntó Helga. ¿No tienes la sensación de que todo es amable ahora? Hay algo de mentira en cada producto. Los cuchillos tienen que aparentar que no cortan, las sartenes parecen objetos decorativos, nada tiene aristas y luego llega la gente, se roza con la realidad y se siente desamparada. Estaba de acuerdo, pero le expliqué que hasta la gente finalmente se moldeaba así. Claro, añadió ella, no tienes más que ver a todas esas mujeres operadas, se supone que los maniquíes de los escaparates se fabricaban para parecerse a las mujeres y no para que las mujeres terminen por parecerse a ellos. Sonreí. Sí, la gente es estúpida. No, me negó ella. No es estúpida, es que tiene miedo. Pero es que la vejez es un horror, dijo, no te olvides de que la degradación nos da miedo. La decadencia es lo que tratamos de retrasar todo lo que podemos, pero sin mucho éxito. Yo hace tiempo que estoy peleada con los espejos. Pero a lo mejor el problema, repuse, es que no estamos preparados para mirarnos al espejo, que llevamos demasiado tiempo negándonos a hacerlo y si admitiéramos que sencillamente cumplimos con las estaciones de la vida no sería tan problemático. Eso es muy sencillo decirlo, me dijo Helga, pero prueba a vivirlo. Te aseguro que por muy hecho a la idea de hacerte mayor que estés, cuando llega es una tragedia. No poder subir las escaleras ni conducir y un día ni tan siquiera leer. Supongo que conservas la fantasía de enamorar a alguien más joven y creer que prolongas tu esplendor, pero el final siempre te atrapa.

Así que ésa era la explicación de Helga para lo que había pasado la noche anterior. Yo, herido en mi orgullo por el abandono de Marta, me habría acostado hasta con una farola con tal de no dormir solo, de demostrarme que estaba vivo. Y ella lo había aceptado para entregarse a una fantasía de eterna juventud. Es obvio que nuestra actitud posterior no invitaba a pensar de otra manera, ambos en fuga, algo avergonzados. Había abierto una botella de vino blanco y sirvió en las copas lo que fue el trago final. Cuando yo me separé también mi primera intención fue la de vengarme y necesité algo de tiempo para darme cuenta de que eso no funcionaba, que la amargura no tiene un grifo para desahogarla, sino que hay que consumirla hasta que desaparece y dejar el espacio para sentir de nuevo sin que lo tiña todo de estafa, de engaño. Por eso me gusta pasar ratos con mis nietos, porque ellos son pequeños y reciben la vida como algo nuevo. *Und was machen wir jetzt?* ¿Y ahora qué hacemos?, preguntan todo el rato, en cuanto terminamos de hacer algo. Y ésa es la pregunta, siempre tiene que ser la pregunta. Vale, muy bien, esto ya está y ahora ¿qué hacemos?

Und was machen wir jetzt?, intenté pronunciarlo con torpeza. Helga balanceó la cabeza dejándolo por imposible tras dos correcciones. Posé la copa de vino en la mesita baja. Ella tenía la suya entre las manos. Comencé a hacer el tonto, a imitar al mimo que estaba dentro de una caja de cristal, encerrado entre las paredes transparentes. No te rías de mí, dijo ella sin gravedad. Ahora entiendo por qué te gusta tanto el mimo ese, porque tú también te sientes encerrada en una habitación de cristal, de la que ya no puedes salir. Ya no te atreves a preguntar y ahora ¿qué hacemos? *Und was machen wir jetzt?* Golpeé en la pared inexistente y luego con más fuerza e insistencia. Repetía la pregunta en voz alta con mi penoso alemán alcanzando el clímax de una obra de teatro del absurdo barata y previsible.

Helga reía en el sofá con esa risa suya que quería ser contenida y era explosiva. Entonces le tendí mis dos manos. Ven aquí, deja esa copa. Ella se fingió sorprendida, dejó la copa sobre la mesa y en cuanto posó sus manos sobre las mías la atraje para que se levantara. La abracé y la besé. ¿Estás loco? No estoy loco.

Algo que yo no comprendía del todo me impulsaba. Pero me dejé ir. Le di un beso largo y plácido que ella recibió con aplomo. Luego negó con la cabeza, no, basta. ¿Por qué?, pregunté. No, no está bien, dijo ella después de vencer las dudas. La tomé en los brazos y la subí a horcajadas sobre mí, con un muslo a cada lado de mi cuerpo. ¿Quieres que termine en el hospital?, preguntó. Si me rompo ahora la cadera te juro que va a ser muy deprimente. Ella se rió de nuevo. Y la arrastré hacia mi dormitorio asignado. Helga me resultaba hermosa, apetecible, frágil y seductora. No había lucha dentro de mí, sino honesta excitación ante su presencia. La besé y cuando la besé me había quitado de encima la mirada de los demás, la opinión de los otros y las convenciones. No me molestaba sentir la rugosidad encima de sus labios, puede que en lugar de estar volviéndome loco me estuviera volviendo cuerdo.

Fue ella la que se resistió a entrar en el cuarto

de invitados cuando empujé la puerta con el pie. No, no, vamos al mío, dijo. Es horrible hacerlo donde duermen mis nietos. Me di cuenta de que su sentimiento de culpa era mayor que el mío. Aquella segunda noche fue una exploración menos a ciegas, un deseo directo y sin prefabricar ni empapar en alcohol. Su dormitorio era un entorno menos accidental que el cuarto de invitados. Algunas fotos de sus nietos, novelones de tapa dura que delataban la soledad de tantas noches en la cama. Cuando nos desnudamos reparé en que su ropa interior era más estudiada y escogida que la del día anterior, puede que fuera una casualidad o quizá una prevención de mujer inteligente.

Ni soñé nada memorable ni Marta reapareció en mis fantasías. Helga se durmió con la mano posada sobre mi vientre y no me molestó que la dejara allí durante largo rato. Por la mañana tuve que despertarla. Temía perder mi avión, pero no quería que sonara a urgencia por desaparecer. Saltó de la cama y fue a ducharse tan aprisa que sospeché que no deseaba ser vista a la luz naciente que entraba por la ventana. Pero fui tras ella a la ducha y nos enjabonamos mientras yo volvía a excitarme y ella lo toleraba.

Se negó a pedirme un taxi y me obligó a aceptar su coche. Se vistió aprisa y preparó café y yo saqué algo de ropa limpia de la maleta sin importarme caminar desnudo hasta la puerta de entrada donde estaba abandonada. La maleta, junto al gato, eran los dos testigos mudos de aquella situación. Acaricié la cabeza de Fassbinder. ¿Qué piensas, *mein freunde?*, le susurré. Siempre he considerado a los gatos animales displicentes, pero aquél parecía concederme el privilegio de su curiosidad.

En el coche hablamos poco. Aún adormilados y con la vista fija en el camino de salida de la ciudad. El aeropuerto no estaba lejos y el tráfico de la mañana festiva era escaso a horas tan tempranas de grisura y humedad. Nadie dijo nos llamamos ni nos vemos pronto ni seguimos en contacto. Mejor te dejo aquí, resolvió Helga al detenerse cerca de la entrada a la terminal. Volví a leer el localizador de mi vuelo, que había encontrado en el bolsillo del pantalón. Me hacía gracia. M4RTA. ¿Has visto? Parece que pone Marta. Ella sonrió sin demasiado entusiasmo. Qué estupidez mostrarle ese detalle que sólo delataba mi obsesión mal curada. *Auf wiedersehen,* entoné con una salvaje distancia sobre el momento que el jugueteo con el idioma acrecentaba. Que tengas buen viaje, dijo ella.

Llegaba el instante de decidir en qué consistiría aquella despedida. Lo peor hubiera sido un beso corto en los labios, de matrimonio desapasionado. Tampoco un beso en las mejillas parecía buena idea, un paso atrás demasiado ridículo. Era complicado despedirse porque era complicado establecer la magnitud de la relación. Nos quedamos mirándonos con firmeza, sin torcer el gesto. Helga levantó la mano y posó su dedo pulgar sobre mis labios, con una presión delicada. Me obligó a girar la cara para que dejara de mirarla y luego dijo anda, vete, rápido.

Salí del coche, saqué la maleta del asiento de atrás y me alejé hacia la puerta de acceso. Cuando volví la cara ella me estaba mirando aún, me dirigió un gesto rápido y arrancó el coche para alejarse de allí. Respiré tranquilo. Temía los adioses plomizos y por un momento sospeché que ella se bajaría del coche y me abrazaría o se echaría a llorar, lo cual terminó por resultar un pensamiento un poco arrogante por mi parte. Cuando dejé de ver su coche sentí una punzada de orgullo herido. Lo que evitas es también lo que deseas, me consolé. Helga no había perdido nunca el control de la situación y por más que le sorprendieran mis actos arrojados yo no me sentí nunca al mando. Recordé la noche primera en el restaurante, cuando me dijo que en realidad el problema de Marta era que temía la muerte. Y uno empieza a estar a gusto consigo mismo cuando le empieza a perder el miedo a la muerte. Esa actitud de Helga quizá también significara que no les tenía miedo a las despedidas, esas muertes ocasionales y jalonadas a lo largo de nuestra vida, esas pequeñas muertes que suceden a cada encuentro.

En el avión de regreso coincidí con Àlex Ripollés. Al principio no nos saludamos pese a rondar ambos la puerta de embarque. Cada uno eligió un turno distinto para acceder al avión. Pero el azar quiso que estuviéramos obligados a compartir el asiento uno al lado del otro. Él ventanilla y yo pasillo. No hubo más remedio que celebrar la coincidencia. Lo siento otra vez, perdona, me excusé. En realidad no era nada contra ti, de verdad. Esa mañana había roto con mi novia y estaba completamente ido, fue una estupidez. Àlex levantó los ojos hacia mí con la intensidad de una primera vez. ¿Lo has dejado con tu novia? ¿Esa chica tan guapa? Sí, confesé. Vaya, lo siento, era guapísima. La primera vez que la vi me llamó la atención. Muy guapa, casi una escultura. Volví a asentir, pero empezaba a dudar de si se trataba de una broma cruel. Lo raro, supongo, es que fuera mi novia, alguien así. No, no, no es eso, dijo él, pero recuerdo que pensé qué chica tan guapa, es una de las chicas más guapas que he visto en mi vida. Era la octava vez que lo repetía, puede que de verdad quisiera humillarme, pese al gesto amable. ¿Y por qué habéis roto? ¿Llevabais mucho tiempo juntos?

Durante el vuelo hablamos también de otros asuntos distintos a los detalles de mi ruptura con Marta. De nuestros proyectos, de mi futuro profesional ahora que había decidido renunciar al paisajismo. A mí me han ofrecido un trabajo en Múnich, pero no me gustaría vivir aquí. No me gusta esa actitud de quien cree tenerlo todo, ser dueño de todo, en el fondo pienso que ahora es cuando más necesitamos quedarnos en España, bueno, o en Cataluña, porque a lo mejor por fin nos libramos de vosotros, pero el caso es tratar de hacer lo que tenemos que hacer en nuestro lugar, por penosa que sea la situación. Asentí a sus palabras, siempre que no nos tengamos que morir de hambre, añadí. Soy patriota de mi estómago. ¿Sabes lo que pienso?, dijo Àlex después, que parte del premio te lo debo a ti. En realidad creo que me lo dieron gracias a que me tiraste de la silla en la mesa redonda. Los premios son siempre una compensación por algo. Y sacó el trofeo de su mochila. Era tan feo que estuvimos bromeando un rato sobre quién se merecía guardarlo en casa, si el perdedor o el ganador. Tener esta cosa en tu estantería no es un premio, es un castigo, concluyó Àlex.

No le conté nada de mi historia con Helga a Àlex, por más que el vuelo dio para ponernos al corriente de nuestras vidas. Lo asombroso del viaje es que culminó en una conversación muy placentera. Àlex me propuso ir a verle algún día a Barcelona, me pasó su alegre tarjeta donde estaba escrita la dirección del estudio. Quizá podamos compartir algún proyecto, me dijo. Andaban detrás de un concurso de capitalidad europea de la cultura y eso siempre significaba trabajo por varios años y algo más de presupuesto que las raquíticas cuentas de los ayuntamientos arruinados.

FEBRERO

En Madrid saqué mis trastos del piso de Marta. Ella se mudó al piso del cantante uruguayo, pero yo no quise quedarme solo allí después de que ella se fuera. No quería encontrarme alguna pertenencia suya olvidada bajo la cama o al fondo de algún cajón y echarme a llorar como un niño. Prefería arrancar cuanto antes con la vida nueva. Me fui a casa de Carlos sin poner demasiado ahínco en encontrar piso en Madrid.

El día que vacié la casa me dibujé frente a las cajas apiladas antes de que dos rumanos las bajaran al camión mal aparcado. Ése era el mejor resumen de mis treinta años de vida. Veintidós cajas de cartón, una tabla de planchar, la bicicleta plegable y una silla de despacho en madera de nogal. Ah, y el galán de noche, única herencia de mi padre que mi madre se empeñaba en que conservara pese a que no gasto traje ni le doy utilidad al cajoncito para dejar los gemelos. Puede que a eso se reduzca la he-

rencia de los padres, experiencias que no son de tu
talla, biografías que no puedes volver a vivir.

Los padres de Helga le habían dejado en herencia aquella hermosa imagen de las parejas eternas y
felices. Y su dolor oculto consistía en haber sido incapaz de imitar el modelo idealizado. Yo no tenía
ese modelo en la memoria porque mi padre murió
antes de estamparme la impronta. Su vacío señalaba una nada que quizá fuera mi nada al fin y al
cabo; como mi madre, yo también era la parte de
una pareja encadenada a una ausencia.

MARZO

Àlex me ofreció trabajo en su empresa y terminé por mudarme a Barcelona apenas dos meses después de nuestra vuelta de Múnich. En el estudio del Poble Nou conocí a sus compañeros de despacho y me organicé para ponerme al día en sus proyectos. Me dieron mi propia mesa. Todos los días Àlex me presentaba a alguien nuevo que pasaba por allí. En realidad aquello funcionaba más al modo de una cooperativa de creativos que de una empresa. Y no era raro que Àlex siempre me presentara con una mención a mis relojes de arena. Tienes que ver sus diseños de relojes de arena, decía. Yo me acordaba de que Helga, en la confianza de la segunda noche, me había confesado que detestaba los relojes de arena. Los odio, me resultan angustiosos, me provocan ansiedad y miedo. Esa arena que cae te corta por dentro como un cuchillo, recordaba que me dijo.

A veces miraba una foto de la explanada frente al Palacio Real que había hecho con mi móvil el atardecer antes de dejar Madrid. La luz era anaranjada y el edificio se recortaba con aires de maqueta sobreimpresionada. Trataba de sentir un enganche, una nostalgia particular. Pero Madrid versus Barcelona me resultó una discusión indiferente, un partido de la máxima rivalidad en un deporte que no me interesaba en absoluto.

ABRIL

En el trabajo conocí a Anabel. Se ocupaba de las cuentas, pero era una diseñadora con buen gusto, que hablaba deprisa y con afilada ironía. Llevaba a ratos unas gafas que maltrataba, las tiraba con fuerza sobre la mesa, se las arrancaba de la cara para gesticular, señalaba con ellas y a veces hasta dibujaba sobre el papel con un gesto rápido, utilizando las patillas como un lápiz. Casi siempre sus ideas y correcciones eran enriquecedoras. Sabía que yo buscaba un cuarto en la ciudad, el sueldo no daba para un piso, así que me ofreció compartir con ella. Anabel era lesbiana y tenía en propiedad un piso enorme del Ensanche comprado en sus años rentables entregados a la publicidad. Podía cederme el ala del fondo sin causarnos demasiadas interferencias domésticas. De tanto en tanto ella ligaba con chicas jovencísimas y bellas que paseaban medio desnudas por el pasillo y la cocina y yo las observaba en la distancia como un fantasma que se asomara a la vida ideal sin poder alargar la mano y tocarla con la punta de los dedos.

Anabel era crítica y rotunda. Para ella, nuestra generación estaba poblada de niños mimados, incapaces de afrontar las dificultades, acostumbrados a torcer todos los derechos ganados por nuestros abuelos y padres con el sudor de la lucha y transformarlos en privilegios irrenunciables. No nos hemos querido enterar de que Europa, y no digamos España, ya no son el centro del mundo, me decía en ratos perdidos de la oficina, y nos vamos a dar cuenta a bofetadas. Todos deprimidos y tristones, me decía señalando a los más jóvenes, buscando culpables a los que poner una demanda por malos tratos psicológicos. Y reía con una risa ruidosa. Van a demandar a papá y a mamá por traerlos al mundo, ya verás.

Un día Anabel se confesó ante mí como una especie de vampiro. Yo soy, me dijo, una especie de vampiro. Estábamos desayunando juntos un domingo. Solía robar para mí la edición internacional del *New York Times* en el hotel de lujo a dos calles y ese día había despedido a una de sus conquistas y volvió con ensaimadas y el periódico que yo desplegaba como una sábana de felicidad. Cuando pronunció la frase, dejé que una esquina del periódico se plegara para prestarle atención.

Necesito la belleza y la juventud para seguir sintiéndome viva. Se refería a las chicas con las que sostenía relaciones breves y a las que echaba de casa sin demasiadas contemplaciones pasadas algunas semanas, siempre chicas llenas de luz y energía, que andaban acaso descubriéndose a sí mismas en la relación con Anabel. Yo asistía divertido al recital de Anabel con sus gruñidos, porque después de hacer el amor siempre le entraba un descarado malhumor, que ella definía como su lado masculino. Tengo orgasmos de hombre, me aseguró ese día. ¿Sabes esa sensación de hastío después del placer, con ese egoísmo fisiológico por el que desearías que la persona de al lado desapareciera cuando ya estás satisfecho? Y que te dejara en paz, porque tu ideal no consiste en prolongar la relación sino en volver a tu ataúd hasta despertar a una nueva aventura, distinta. Y otra y luego otra. Pues así soy yo, una especie de vampiro a la búsqueda de sangre joven. Lo dijo Anabel y no sonaba feliz.

MAYO

Un día sentado junto a la ventana del mirador vi cómo una de las chicas salía del dormitorio de Anabel con una camiseta corta. Se apoyó en la puerta de la cocina para beber a morro de una botella de agua. Ni siquiera reparó en mi presencia. Al levantar el brazo y llevarse la botella a la boca, dejó ver su culo perfecto, joven y terso, delgado y grácil como el gesto de desperezarse de un gato. Recuerdo que pensé en Helga y su bien distinto desnudo. Helga se hizo presente dos veces en esos meses. La primera fue una llamada de teléfono que no contesté. Acababa de llegar a Barcelona y estaba reunido discutiendo el proyecto para el que Àlex me había embarcado. Soportaba la palabrería pedantesca de un publicitario y no le devolví la llamada a Helga. En realidad sólo intuí que podía ser ella por el número largo y extraño con prefijos que no reconocía, 0044. En el aeropuerto de Múnich, antes de embarcar había tirado su nota con el número de móvil escrito. Encontré natural deshacerme de esa carga entonces, a punto de regresar a Madrid tras aquellos días extraños. ¿Qué iba a hacer? ¿Llamarla? Tiré el papel sin remordimientos. Tiras el papel y tiras a la persona. Para mí Helga se quedaba en aquella papelera impoluta del impoluto aeropuerto de Múnich.

La llamada perdida no dejó ningún mensaje, pero unos días después me acerqué a la mesa de Àlex para comentarle algo. Al darme cuenta de que hablaba por conferencia desde el ordenador me excusé con un gesto que quiso decir luego hablamos. No, no, mira quién está aquí. ¿Te acuerdas de ella? Y me invitó a asomarme a la pantalla. Allí estaba Helga. Habían intercambiado las direcciones y ella le había contactado para saber cómo andaba y enviarle su foto con Nashimira. Hola, dije. La cara de Helga se iluminó con una sonrisa en su recuadro de la pantalla. Ahora trabajo con Àlex, expliqué. Él añadió alguna broma que no recuerdo y se alejó un instante a otra mesa. ¿Entonces ahora vives en Barcelona? Yo dije sí. Me preguntó con cierta timidez si todo me iba bien, si me encontraba mejor. Sí, respondí, y luego le pregunté por ella, si todo iba bien con su familia, con sus hijos, con el gato. ¿El gato?, le diré que has preguntado por él, me dijo. Ya sabes que me gustan mucho los gatos, admití.

La segunda noche que pasamos juntos, el gato de Helga se subió a nuestra cama y, aunque insistimos en echarle, terminó por dormir a nuestros pies.

134

Le conté a Helga que cuando tenía diez años, algunas tardes hacía los trabajos de clase con un amigo obeso que me invitaba a merendar a su casa. Mi amigo, que se llamaba Osorio, tenía una gata muy cariñosa y solía untarse mermelada en la punta de la polla que la gata lamía voluntariosa. Las dos o tres veces que me involucró en su placer secreto, que perpetrábamos en su cuarto rodeados de carteles de Oliver y Benji, mientras la madre escuchaba la radio en el salón, la lengua de la gata me había provocado una reacción instantánea de placer mientras el animal se relamía con decoro. A Helga aquella historia infantil sólo le había producido un horror evidente que expresó metiendo la cabeza debajo de las sábanas y diciendo algo parecido a cómo sois los hombres, por Dios. Aunque lo dijo en alemán, y por tanto no estoy seguro de lo que dijo.

Nuestra conversación por ordenador terminó poco después, cuando Àlex regresó a la mesa y nos despedimos los tres con esa ceremonia larga hasta colgar. ¿Habláis a menudo?, le pregunté a Àlex. Qué va, de tanto en tanto me manda una foto o un mail. Ya sabes, es de esas divorciadas mayores que tienen todo el tiempo del mundo. Ya, asentí.

JUNIO

Desde aquel enero en Múnich tuve alguna breve relación con chicas que siempre se resentían de mi actitud reservada. Mi desapego era absoluto y pronto les mentía para no prolongar algo que no iba a ningún lado. Prefería irme solo al cine o me quedaba en casa pese a que no era raro oír a mi compañera de piso hacer el amor con alguna de sus jóvenes conquistas y un rato después gruñir desencantada.

Había establecido alguna rutina con un par de chicas, nada serio, que ellas tampoco tomaban con trascendencia salvo cuando se sentían heridas por mi falta de compromiso. Una de ellas utilizó esa expresión, falta de compromiso. Se llamaba Noemí y no quise contradecirla. Puede que fuera falta de compromiso, sí, tenía razón. También yo podría haberle echado en cara a ella un exceso de compromiso. Defecto tan incómodo como el mío.

Noemí se había operado los pechos. Según ella

fue un empeño de su marido tras los partos de sus dos hijos. Tenía mi edad pero había cumplido un ciclo de vida más completo que el mío, sometida a un marido con el que había roto un año antes. Nos veíamos sólo los fines de semana en que sus niños estaban con el marido y creo que mi relación con ella se asentaba sobre un cierto despecho contra su suerte matrimonial. Sus tetas eran duras y rotundas a toda hora. Un día pensé que prefería con mucho recoger en mis manos los pechos caídos de Helga y devolverlos al lugar original y sentir al hacerlo el tacto verdadero de la carne. El recuerdo de Helga duró un instante y luego lo olvidé. Como estaba condenado al olvido lo poco que hubo entre Noemí y yo.

La segunda chica con quien me relacionaba se llamaba Mònica. Me comportaba con ella con tal frialdad que después de hacer el amor podríamos haber puesto a enfriar las cervezas en mi corazón. Era más joven que yo. Una de esas noches furtivas en que hicimos el amor le pregunté por qué no se buscaba un novio. Mònica, le dije, ¿por qué no te buscas un novio? Ya lo tengo, me respondió, desde hace casi un año. Estamos pensando en mudarnos a vivir juntos. ¿Y esto?, le pregunté. Esto es distinto. Nunca volví a aspirar a más con ella que a perfeccionar mi naciente catalán en las conversaciones breves que manteníamos entre las sábanas húmedas, a falta del cigarrillo de después o, mejor dicho, *el cigarret de després.*

138

JULIO

En verano volví unos días a Madrid, pero comprobé que la distancia laboral también me alejaba de mi círculo más íntimo. Las noticias insistían en que la economía remontaba, pero el porcentaje de desempleo juvenil estaba estancado en un dato asombroso: la mitad de los jóvenes en el mercado de trabajo no encontraban empleo. Al parecer el sector turístico y de hostelería ofrecía muchos puestos estacionales. Pensé que yo podría ser un buen camarero. Me gustaría ser un camarero de esos que memorizan los pedidos de una mesa sin necesidad de notas y que siempre pregunta si todo está bien o necesitan algo más a los clientes. Serviría tortilla de patata o paella en la plaza Mayor, bromeé con Carlos y Sonia una noche. Les dije que podría llegar a ser un buen camarero-paisajista. Luego Carlos me contó que Sonia había encontrado derrotista ese comentario. Creo que Beto está muy deprimido, le había dicho a mi amigo.

AGOSTO

Con Carlos planeamos unas vacaciones que al final no hicimos porque tuvieron que viajar de manera precipitada a Etiopía para la entrega de una niña que llevaban solicitando en adopción desde hacía dos años. Les deseé mucha suerte y me pregunté en secreto y sin respuesta si algún día tendría hijos. Ser hijo sin hijos me convertía en vía de tren clausurada, lo cual me importaba bastante poco. Me preocupaba más la sensación persistente de que había perdido algo de mi sentido del humor, eso sí hacía que me sintiera huérfano, y a veces, sin motivo, sobre todo si compartía un rato o una conversación con mi madre, recurría a las bromas, las payasadas y las frases con doble sentido. No sólo para hacerla reír, sino para recordarme a mí mismo que era capaz de lograrlo. Y entonces rememoraba las ocasiones en que había hecho reírse a carcajadas a Helga durante aquellos dos días en Múnich.

En verano me mantuve ocupado con el último

proyecto que preparaba para el estudio de Àlex. Los encargos habían disminuido hasta el raquitismo y mi plan era dejar el trabajo al terminar el año porque en la empresa iban a despedir a gente y yo quería ser el primero, me parecía de justicia al haber sido el último en incorporarme a la plantilla. En Cataluña al ERE, que era la forma oficial de llamar a los despidos múltiples en una empresa con pérdidas, lo llamaban ERO. Y a mí me hacía gracia esa variante. La erótica del desempleo, bromeé un día, pero fue con una diseñadora que ya había recibido su carta de despido y no le encontró la gracia.

SEPTIEMBRE

Àlex se interesaba mucho por mis diseños de relojes de arena y me prometió que iba a buscar un inversor para tratar de poner a la venta una línea con los dos o tres mejores modelos. A mí me sorprendía que, tanto en castellano como en alemán, la expresión para llamar al reloj de arena o *Sanduhr* hiciera referencia al contenido, al material interno. En cambio en la palabra anglosajona se precisa el continente, el cristal transparente. *Hourglass* se podría traducir como hora de vidrio, una expresión fascinante. Para los italianos y los griegos, sigue valiendo la expresión clepsidra, que se remonta a los relojes de agua. En una enciclopedia encontré la primera representación de un reloj de arena, datada hacia mitad del siglo XIV en un fresco de Ambrogio Lorenzetti. La mano de una recta reina coronada sostiene el reloj de arena a modo de ejemplo de la virtud de la templanza.

Reunía estos datos en mi cabeza para asociarlos a alguna presentación comercial, algo que resultaba tan degradante como festejar la lluvia porque te lavaría el coche.

Recordaba también un comentario de Helga cuando yo había insistido en mi apreciación de Nashimira y sus proyectos, al confesar mi rendida admiración por él. Ella me dijo, no recuerdo las palabras exactas, algo así como que los orientales consideran la prisa una falta de educación. Y que ésa era la gran diferencia con nosotros. Creo que le respondí que seguramente ése era un tópico que aceptábamos sin cuestionarlo y que los orientales cuando llegan tarde a una cita o tienen un rato corto para hacer algún encargo, van también con una prisa del demonio.

OCTUBRE

Finalmente desarrollé una línea de relojes de arena. Mis maquetas eran objetos decorativos sin demasiada relevancia. La intención era despojarlos del elemento angustioso que Helga me había señalado con su odio por ellos y rodearlos de un aura festiva. Anabel me ayudó con los prototipos, gracias a su habilidad para los trabajos manuales. Siempre he sabido usar mis manos, me dijo con una orgullosa sonrisa desafiante. Pero Àlex me propuso una idea. Intentar incorporarlos al teléfono móvil, como aplicaciones embellecedoras o de uso lúdico, y trabajar en esa línea de negocio. Línea de negocio, uso lúdico, aplicaciones de móvil eran expresiones de la jerga empresarial entre las que yo chapoteaba de modo parecido al pez que tras ser extraído del océano se acostumbra a la pecera del salón.

NOVIEMBRE

Todo el mundo encontró divertida la idea de una aplicación para móviles que en cada llamada de teléfono se activaba con la forma de un reloj de arena en la pantalla. A medida que la conversación avanzaba, el reloj de arena se consumía de manera gráfica, con una arenilla roja que caía por el estrecho conducto que comunicaba el depósito superior con el inferior. A Àlex se le ocurrió que al caer la arena se pudiera leer un mensaje en la zona que quedaba vacía. Un mensaje que podría decir algo así como «¿seguro que esta llamada era tan importante?».

Cada mes la aplicación ofrecía un resumen visual al usuario, en el que la arena del reloj se dividía entre los números de teléfono con los que más tiempo hubiera estado en conversación. Con enorme entusiasmo, Anabel propuso venderle la idea a una compañía de telefonía móvil. Aunque me parecía que las empresas serían las menos interesadas en que los usuarios cobraran conciencia del tiempo malgastado, pues que malgastaran su tiempo era la clave del negocio, me estimulaba ser útil, poder ser fuente de beneficio para quienes eran ahora mis socios. El camino para abandonar la parálisis pasaba por el trabajo, lo cual por previsible no dejaba de ser lamentable. Haría paisajes pero dentro de los móviles. Como quien levanta barcos de vela dentro de botellas de cristal.

DICIEMBRE

Fui a pasar unos días de Navidad a Madrid. En Nochebuena cené con Carlos y Sonia y conocí a su hija recién adoptada. Tenía cinco años y era activa y revoltosa, aunque ambos adjetivos, que usaron sus padres para describirla, se quedaban algo cortos de intensidad. Rompía los objetos más variados de la casa, lloraba a gritos si se la reprendía y sólo se calmaba ante el televisor encendido. Cuando le mostré el regalo que le había comprado, un bonito reloj de arena de diversos colores que componía dibujos delicados al caer, tardó apenas un minuto en romperlo y sacudir la arena por encima del pescado que Carlos había cocinado para nosotros. La maltrataban en el orfanato, les había explicado una psicóloga y, a su vez, se vieron obligados a explicarme a mí. Claro, ahora iba a maltratarlos a ellos de vuelta, pensé de modo miserable, presenciando la desagradable actitud dictatorial de la niña y su violencia incontenible. Nunca vi a personas tan agradecidas como aquellos padres a la invención sedante del televisor.

En la tele emitían resúmenes informativos del año. Todos hablaban de la crisis económica. En el recordatorio, la presidenta alemana Merkel, con su rigidez, daba una mano fría a los presidentes sucesivos de España, primero Zapatero con sus cejas de bebé asustado y luego Rajoy con esa ausencia de personalidad idéntica al muñeco abandonado de un ventrílocuo. Ambos parecían pedir de ella más que un apretón de manos, quizá ser acunados, que los acercara a su pecho para darles de mamar. Pero ella no era la madre que buscaban. Traté de explicarles esa idea a Carlos y Sonia, pero ninguno de los dos quería hablar de política, me dijeron.

En la comida del día siguiente, con mis hermanas y mi madre, hicimos el intercambio de regalos habitual después de que se cansaran de preguntarme si había encontrado alguna chica en Barcelona. Nuestra costumbre era organizar los regalos por el sistema del amigo invisible, donde cada uno tenía que cumplir el encargo de regalar algo a alguien, pero depositar todos los paquetes bajo el árbol de Navidad sin que nadie supiera de quién era qué. Cuando mi hermana mayor abrió su paquete y vimos que era un lector electrónico de libros, mi madre se apresuró a explicar que era una idea del resto de mis hermanas, yo no entiendo de esas cosas, pero me dijeron que a ti te vendría muy bien con tanto viaje. Mi hermana menor protestó, no empecéis, si dais explicaciones de cada regalo se pierde la sorpresa del amigo invisible. Todos los años sucedía lo mismo. Alguien decía, al entregarse cada paquete, si no te va bien lo puedes cambiar, me dijeron en la tienda que tiene dos años de garantía, ahora está muy de moda, frases que destrozaban un misterio no demasiado relevante.

Abrimos el resto de los regalos con la misma inercia. Mi madre recibió una tableta electrónica, entre protestas por lo difícil que le resultaba manejar esas cosas modernas. Esas cosas modernas era una expresión que utilizaba desde que yo era pequeño ante cada novedad tecnológica. Lo mismo dijiste del móvil y mírate ahora, no hay quien te lo quite, la corrigió mi hermana, la segunda, que a su vez abrió su paquete y descubrió con entusiasmo fingido un marco de fotos electrónico que podía alternar hasta setenta y cinco imágenes distintas guardadas en la memoria digital y ofrecerlas a ritmo pautado. Me va fenomenal porque con eso de que ahora ya no tenemos álbumes de fotos, a veces me entra hasta pena al ver crecer a los niños. Mi tercera hermana recibió un teléfono móvil de última generación que festejó incrédula. Pero si vale setecientos euros, ¿estáis locas? A lo que mi hermana menor respondió que tenía muchos puntos de fidelidad acumulados. A mi hermana menor le iba bien en lo económico. Mi madre decía que tenía ojo, quizá fuera estómago.

La empresa le exigía enormes esfuerzos personales, en expresión suya, quizá por eso el regalo para ella fue un contador de pulsaciones y esfuerzo que medía kilómetros recorridos y tensión vascular con sólo ajustarlo en el antebrazo durante su hora diaria de salir a correr y cuyo modo de empleo otra de mis hermanas le explicó con detalle. A mí me regalaron ropa. Siempre me regalan ropa porque saben que odio comprarme ropa y me gusta cuando es vieja y se ajusta al cuerpo en una segunda piel y me critican que la utilice hasta que se cae a pedazos. El paquete contenía dos camisas, un jersey, un cinturón y un pantalón de lino para el verano.

Los finales de año nunca me ponían especialmente triste, al contrario que a otra gente, pero no evitaba hacer balance y tratar de ordenar mi vida un poco mejor. Para el año nuevo me propuse resistir a las historias superficiales que a cambio de un rato de placer habían causado cierto daño a la otra parte. Me centraría en mí mismo, sin recurrir a los demás, debía sanarme en lugar de esperar a que el contacto con los otros me sanara. Sólo temía que ese cambio de hábitos me empujara a masturbarme demasiado. Anabel me solía decir, en nuestras charlas en el piso de Barcelona, que ella jamás tendría hijos ni compartiría su vida con nadie. Lo he diseñado así, puede que sea triste, pero lo tengo claro. En la vida hay que tener las cosas claras, sostenía Anabel. Yo no tenía las cosas claras. Quizá fuera bueno empezar a tenerlas. Primero tener cosas. Y luego tenerlas claras.

La sombra de Marta seguía pesando sobre mí y un día de esos de Navidad, en la FNAC de Callao, la había visto de lejos con su novio cantante uruguayo y tuve la certeza de que estaba embarazada. Carlos me dijo que era una obsesión mía, pero yo noté en su forma de andar ese gesto de protección. Me había escabullido sin saludarles, lo cual me hizo sentirme como el escolar que rehúye el examen porque no se ha preparado a conciencia.

Y sin embargo cualquier sombra de rencor se había evaporado. La canción que daba título al disco del cantante uruguayo escaló hacia los éxitos populares y en lugar de entristecerme me relajó, me quitó un peso de encima. Y hasta un día me vi sorprendido tarareando el estribillo

Vuelve el amor
Vuelve la primavera
Vuelven las noches en vela
tus caprichos, mis penas
y nuestro destino
amarrado a las aspas de un ventilador

sin saber muy bien qué quería significar todo aquello, en especial lo del ventilador, que quizá fuera una forzada rima con amor, pero intuyendo que ese gesto mío de naturalidad, de paz sin agravio, más que generosidad era egoísmo, la salvación propia, una manera de desentenderme de lo ajeno. En esa escalada de aislamiento, casi de naufragio, apenas me vi con nadie en los días que pasé en Madrid. Al volver a Barcelona comprendía que había perdido mi sitio, porque ni allí ni en mi ciudad de toda la vida anterior había nada que me amarrara, que me hiciera sentir prisa por regresar. Todos los lugares para mí eran islas desiertas.

Semanas atrás habíamos concertado con Àlex para la mañana del día de fin de año un encuentro con los gestores de aplicaciones de una marca de móviles. Queríamos mostrarles mis modelos de relojes de arena. Para entonces tenía desarrollada una colección de una docena que iban desde trampantojos a enrevesados mecanismos. El favorito de todos era un reloj de arena que mostraba el dibujo de un campo de fútbol, con el verde y las rayas de demarcaciones blancas. Al invertirlo, en el receptáculo vacío se recibía la arena y volvía a formar el campo de nuevo. La duración exacta del trasvase de un lado al otro eran cuarenta y cinco minutos. El estudio me había llevado bastante tiempo y el modelo de muestra lo tuve que variar demasiadas veces, pero Àlex lo celebraba con fe apabullante. Esa mañana Àlex y yo logramos cerrar una oferta comercial. Los detalles los terminaríamos de decidir a la vuelta de año nuevo. Pero significa bastante dinero, me dijo Àlex, para la empresa y para ti. Hay que celebrarlo.

Nos juntamos los que habíamos acudido a trabajar ese día, a falta de varios que se habían vuelto a sus ciudades de origen o se habían marchado de vacaciones. En la comida hablaban de la fiesta de Nochevieja a la que acudirían. De pronto todos se escandalizaron al unísono cuando les confesé que yo me quedaría solo en casa y que con toda probabilidad me iría a dormir antes de las campanadas. Para tranquilizar sus conciencias, y puede que mi incomodidad, terminé por aceptar la invitación de mi compañera de piso, que iría a casa de unas amigas. Habrá también heterosexuales, me advirtió Anabel, sólo hace falta que traigas alguna botella de alcohol. Marga, que era otra chica que había entrado de becaria en la empresa, me aseguró que también iría. Varias veces Àlex me había insistido en que yo le gustaba a Marga, habrás notado que le encantas a Marga, pero yo rehuía a Marga porque su nombre era demasiado similar al de Marta y sus cejas no eran tan especiales como las de Marta, que daban un valor único a su rostro, con un aire entre Frida Kahlo y una joven Ángela Molina.

Salí bastante bebido de la comida y fui caminando sin rumbo por la ciudad hasta llegar a las Ramblas. Me gustaban las Ramblas pese a la masiva presencia de los turistas. Un día, alguien que se quejaba en el mercado de la Boquería de la acumulación de turistas, recibió una reprimenda del frutero. Por mí se pueden ir todos los de Barcelona a tomar por culo y que se queden sólo los turistas, que son los que dejan dinero y se lo gastan aquí. Encontré interesante esa apreciación, que me ayudó a nunca mirar en adelante a los turistas por encima del hombro. Al fin y al cabo, tampoco yo era de allí y lo que me atraía de esa avenida era que no existía una similar en mi ciudad de nacimiento. Acaso sabía, al igual que Chéjov, que el interés por nuevas ciudades no es tanto llegar a conocerlas como escapar de otras anteriores.

Despistado, no vi acercarse a un mimo que se lanzó a imitar mi gesto meditabundo para diverde quienes miraban. Me detuve y el mimo hizo lo mismo. Sonreí con espíritu navideño, aunque tenía ganas de abofetearlo. El mimo se parapetó tras mi espalda y cuando yo me volvía para desenmascararlo él se volvía conmigo en una rutina clásica que me convertía en el hazmerreír de la parada. Entonces posé la cartera con mis papeles en el suelo y comencé a imitar los gestos del mimo delante de la pared transparente. Pese a que mis habilidades eran más bien patéticas, el mimo se detuvo a mirarme y luego comenzó a aplaudirme y hasta me dio una moneda que sacó de su gorrilla y me invitó a seguir andando y alejarme de allí, con un divertido gesto de que no le robara el negocio, pero fastidiado por mi reacción y la supuesta vulgarización de su oficio. Alguno de los turistas me aplaudió cuando ya me alejaba.

En la plaza de Cataluña vi detenerse al autobús azul que lleva al aeropuerto y caminé hacia la parada. Había comprado una botella de vodka en el colmado Quílez, que estaba cerca de nuestro piso, en la calle Aragón. La llevaba dentro de la cartera abultando de manera obscena. Varias personas con las que me crucé repararon en el bulto de mi cartera como repararían en un pene sobreexcitado bajo el pantalón. Subí sin prisas al autobús y esperé unos minutos a que retomara su ruta. Me acomodé al final. El mismo impulso que me había salvado del mimo me había hecho subir al autobús azul y ahora me llevó hasta las terminales del Prat. Busqué una compañía barata que anunciaba vuelos a Mallorca con una modelo conocida en una foto donde ella resultaba gélida y perfecta y el paisaje falso y acartonado. Compré el pasaje en un trámite sencillo. No había cola en el mostrador de facturación, pero el empleado me dijo que era imposible viajar con la botella de vodka encima. Así que la facturé y la vi perderse por la cinta transportadora con la corbata adhesiva de la compañía que indicaba su destino. En el kiosco más cercano a la puerta de embarque compré dos revistas de arquitectura y diseño para entretenerme en el par de horas de espera hasta que saliera el avión. Me quedé dormido nada más despegar.

En Son Sant Joan fui directo a la fila de los taxis y encontré a varios conductores en animada tertulia. Mostré una foto en mi móvil y les pregunté si conocían aquel lugar. Había tomado la foto de la postal en la nevera de Helga, pero no figuraba el nombre de la población. Uno de los taxistas, con la cabeza calva, reconoció la cala. Y le explicó al que le correspondía el turno dónde era. Cuando estemos por allí ya le indico, le dije después de sentarme. Estaba buscando a alguien y me detendría en algún comercio a preguntar. Tiendas allá no hay muchas, si quieres te puedo dejar en el club de tenis. Le dije que lo hiciera así, pero cuando llegamos había anochecido y el club parecía abandonado y desierto con dos o tres pelotas despellejadas y olvidadas junto a la valla oxidada, así que el taxista me acercó hasta un hotel cercano.

Entré en la recepción y pregunté por los precios de las habitaciones. La mirada sospechosa de la recepcionista me desanimó para contratar una. Luego le pregunté si conocía a una mujer alemana que se llamaba Helga y solía pasar las vacaciones en esa zona. Me dijo que no conocía a la gente con casas en la zona, más bien a turistas habituales. La chica se excusó, me temo que no te puedo ayudar. Aún le pregunté por la zona de casas que se abarcaba bajo el nombre de la cala y fue generosa en las explicaciones, señalándome un extremo. A partir de allí ya todo es acantilado, no hay casas.

Salí del hotel con la promesa incierta de volver. Caminé por la calle asfaltada pero mal iluminada. Había chalets en la ladera de la montaña y si avanzaba hacia el extremo de la cala podría tener una visión más general. Pero no conocía la dirección exacta ni tampoco el aspecto de la casa que buscaba. En algunas viviendas había luces y decoración navideña, pero el silencio sólo lo rompía el rumor encabezonado del mar al romper con las rocas.

Continué por la calle hasta tomar la ruta entre pinos. Había un restaurante con piscina ahora vacía y sombrillas de palo con sombrero de hojas secas de palmera, también chalets de esa obscena arrogancia. Recordaba el comentario de Helga sobre su casa, pero empezaba a albergar dudas de si aquél era realmente el sitio donde solía pasar los fines de año, como me había explicado.

Caminé de vuelta hacia la calle principal y vi un camión cisterna detenido junto a la puerta de un caserón. Transportaba agua y el operario estaba recogiendo la gruesa trompa de plástico. Era un joven con las mejillas coloradas y el pelo rubio segado corto. Estoy buscando la casa de una señora alemana que vive por aquí. Al pronunciar la palabra señora sentí un ligero rubor. Esto está lleno de alemanes, me dijo el joven sin dejar de maniobrar. Ella está separada de su marido, pero viene siempre sola a pasar la Nochevieja, vive en Múnich. ¿Helga?, preguntó de pronto el chico, fijando la manga en la parte trasera de la cisterna de agua.

Presa de un entusiasmo algo irracional, acepté la invitación para subir al camión. Él podía acercarme hasta la casa de Helga. En realidad la casa es del marido, ella viene bastante poco. ¿Eres familiar de Helga? Sí, un sobrino. Es una señora encantadora, que aquí no es fácil de encontrar gente así, ya te digo yo. Los alemanes son unos tocacojones de cuidado. Los hijos vienen más. Sí, su hijo, bien grandote, ¿verdad? Lo conozco. Durante un instante imaginé que también el joven conductor había tenido una aventura con Helga, que ella era una devoradora de hombres que fingía siempre encuentros accidentales. Me aterró la idea al tiempo que me fascinaba. Luego observé más atentamente al camionero y me pareció una absurda fantasía mía. El chico carecía de imaginación para ver en Helga algo distinto de una jubilada alemana de retiro dorado.

El camionero me dejó a la puerta de una casita de madera azul. No encontré el timbre, así que abrí el portón y entré en la finca hasta el acceso a la vivienda. Estaba orientada hacia el mar y aunque ahora sí vi el interruptor de un posible timbre, preferí golpear la puerta, que parecía una entrada trasera y poco frecuentada. Escuché ruidos y música en el interior y volví a llamar hasta que alguien subió la escalera.

Un hombre alemán, de los alemanes rojizos y jubilados de Mallorca, me recibió con gesto cordial. Durante un instante pensé que podía ser el marido de Helga. Tenía el aire de estar bebido. Quedaba menos de una hora para el fin de año. Cuando le pregunté por Helga me indicó con un gesto que esperara y corrió a llamarla a gritos hacia el interior. Escuché los pasos de ella llegar por la misma escalera por la que el hombre había desaparecido. Di un paso atrás para que no pudiera verme hasta que se asomara al umbral de la puerta.

Su rostro cambió de una sonrisa vaga a una sorpresa sincera. Podía esperar a un vecino o a algún empleado de comercio. Jamás a mí. No dije más que hola y ella también saludó con timidez. Me acordé de que siempre pasas fin de año aquí, no dije más. ¿Quieres entrar? Nos hemos juntado algunos vecinos. Abrí mi cartera y saqué la botella. He traído vodka, le dije. No sé si reconoció que era el mismo vodka polaco que habíamos bebido la primera noche en su casa, con aquella ramita de hierba al fondo del líquido.

Había dos parejas de alemanes de la edad de Helga, entre ellos el hombre que había abierto la puerta. También una mujer más mayor e insolada con piel de cangrejo, que aparentaba estar sola y achispada por el vino. Helga me presentó en alemán a todos y no entendí demasiado bien lo que añadió de mí. Puede que les mintiera también y les dijera que yo era un sobrino español. Me tendieron un plato con restos de salmón y ensalada, me llenaron la copa de vino blanco y cada vez que alguien pasaba por mi lado se empeñaba en chocar su copa con la mía y brindar. *Prosit*. La televisión estaba encendida aunque el sonido quedaba aplastado por la música de la radio. Era un canal español que a la hora precisa mostró el reloj de la Puerta del Sol.

No hablé demasiado con nadie y Helga tampoco se acercó para hacer algún aparte que quizá los demás habrían observado con curiosidad. De vez en cuando ayudaba a traducir lo que alguien me decía y me explicaba a qué se dedicaban o lo cerca que tenían su casa de la de Helga. Con las campanadas todos celebraron la cuenta hacia el nuevo año. Deberían usar un reloj de arena para festejar el fin de

164

año, ¿verdad?, me sugirió Helga con una sonrisa. Nadie tomó uvas ni tampoco pregunté si tenían. Fue la primera noche en mi vida que no tomé las uvas con las campanas de Nochevieja, así que me limité a dar un sorbo a mi vaso de vino con cada repique espaciado. Tampoco sufría por mis perspectivas de futuro, mis *Zukunftsperspektiven. Ein glückliches neues Jahr,* repetí con ellos mientras reían con mi pronunciación. Luego tiraron petardos y algún cohete a imitación de las casas cercanas.

Sobre las dos de la mañana comenzaron las despedidas y la mujer de piel de cangrejo fue la última en marcharse. Se había desportillado en el sofá y Helga la invitó a quedarse a dormir, pero ella se negó y sacó una linternita de su bolso y mostró el modo en que llegaría a su casa en la oscuridad, como una bruja de cuento infantil en su caballo de palo de escoba. Helga la acompañó escaleras arriba mientras ella repetía un *Nein, nein* al ofrecimiento de quedarse a dormir en uno de los dormitorios de la casa.

Cuando Helga regresó al salón yo estaba en la terraza. Desde allí se observaban con claridad las estrellas sobre el mar infinito y oscuro que no dejaba de rugir, poderoso. La cala adoptaba la forma de una mano ahuecada para recibir al mar, un abrazo alargado y hospitalario de rocas, un refugio natural fabricado por el viento y las mareas. Me había servido un vasito de vodka de la botella que nadie había abierto aún y Helga se unió a mí después de llenar la suya. Habían bailado algún rato, pero yo me negué las veces que me insistieron para unirme, había preferido mirarlos desde una cierta distancia educada. No era mi fiesta.

Qué bonito es este sitio, dije. Ya, se limitó a añadir ella, luego siguió la dirección de mi mirada. Esta tarde estaba paseando por Barcelona y de pronto pensé en venir. Sonó a una explicación ni solicitada ni con demasiado sentido. Hace frío, dijo ella, como si prefiriera interrumpirme y que yo no me justificara más. Se asomó al salón para coger una manta que reposaba sobre el respaldo del sillón. Se puso la manta en la espalda y me cedió un extremo. Era delicada y agradable, hubiera dicho que era de pelo de camello si supiera diferenciarlo de cualquier otro tejido; no era, seguro, una imitación china de baja calidad. Me acerqué a ella y nos juntamos los dos bajo el cobertor. Cada uno agarraba un extremo de la manta con su puño, apretado contra el pecho. Las dos manos quedaban juntas, rozándose. A esta cala los alemanes la llamamos *Blitz*. Relámpago.

CRÉDITOS DE LAS ILUSTRACIONES

ÍNDICE

Impreso en
REINBOOK IMPRÈS, S. L.
av. Barcelona, 260 - Polígon El Pla
08750 Molins de Rei